★中华优秀传统价值观故事丛书★

刚直正义的故事

姜靖榆　编著

吉林人民出版社

图书在版编目(CIP)数据

刚直正义的故事 / 姜靖榆编著. -- 长春 : 吉林人
民出版社, 2012.5
  (中华优秀传统价值观故事丛书)
  ISBN 978-7-206-08851-3

  Ⅰ.①刚… Ⅱ.①姜… Ⅲ.①品德教育-中国-青年
读物②品德教育-中国-少年读物 Ⅳ.①D432.62

  中国版本图书馆CIP数据核字(2012)第075412号

刚直正义的故事

GANGZHI ZHENGYI DE GUSHI

编   著：姜靖榆
责任编辑：刘 涵   封面设计：七 洱
吉林人民出版社出版 发行（长春市人民大街7548号 邮政编码：130022）
印   刷：永清县晔盛亚胶印有限公司
开   本：670mm×950mm   1/16
印   张：11.75   字   数：80千字
标准书号：ISBN 978-7-206-08851-3
版   次：2012年7月第1版 印   次：2023年6月第3次印刷
定   价：38.00元
如发现印装质量问题，影响阅读，请与出版社联系调换。

目录
CONTENTS

1. 甘愿以身殉法的李离 ·········· 1

2. 执法上严毅方正的魏绛 ·········· 3

3. 法不阿贵的司马穰苴 ·········· 7

4. 矢志献身于祖国的屈原 ·········· 11

5. 执法天下无冤民的张释之 ·········· 17

6. 持节不屈的苏武 ·········· 20

7. 刚直切谏的汲黯 ·········· 28

8. 犯颜直谏的辛毗 ·········· 32

9. 秉公执法的尹翁归 ·········· 34

10. 非议诏书的夏侯胜 ·········· 37

11. 铮铮太守史弼 ·········· 39

12. 强项令董宣 ·········· 42

13. 不徇私情的清公毛玠 ·········· 47

14. 忠謇亮直的张昭 ·········· 50

15. 竭忠尽智的高允 ·········· 55

16. 执法不畏死的赵绰 ·········· 61

17. 敢于犯颜直谏的魏徵 ·········· 64

18. 不畏君威依法断案的戴胄 ·········· 71

19. 正直无私为国为民的狄仁杰 ·········· 74

20. 几经沉浮威武不屈的魏元忠 ·········· 80

21. 以道义服人的宰相宋璟 ·········· 84

22. 威慑藩镇的唐朝名相裴度 ·········· 90

23. 以天下为己任的范仲淹 ‥‥‥‥‥‥‥ 95

24. 铁面无私的清官包拯 ‥‥‥‥‥‥‥ 103

25. 坚持抗金的北宋名臣李纲 ‥‥‥‥‥‥‥ 108

26. 不徇私情公正取士的陈之茂 ‥‥‥‥‥‥‥ 115

27. 忠贞爱国的南宋名臣胡铨 ‥‥‥‥‥‥‥ 120

28. 金戈铁马辛弃疾 ‥‥‥‥‥‥‥ 124

29. 浩然正气宁死不屈的文天祥 ‥‥‥‥‥‥‥ 129

30. 不畏权贵执法如山的道同 ‥‥‥‥‥‥‥ 136

31. 拒收贿赂铁面无私的周新 ‥‥‥‥‥‥‥ 142

32. 两袖清风誓死保国的于谦 ‥‥‥‥‥‥‥ 145

33. 一代清官海瑞 ‥‥‥‥‥‥‥ 149

34. 以身殉国的瞿式耜 ‥‥‥‥‥‥‥ 157

35. 拒接圣驾的吴敬梓 ‥‥‥‥‥‥‥ 161

36. 送礼讽官场的曹雪芹 ‥‥‥‥‥‥‥ 165

37. 最早理性学习西方的中国人马建忠 ‥‥‥‥‥‥‥ 168

38. 碧血丹心的谭嗣同 ‥‥‥‥‥‥‥ 172

39. 鉴湖女侠秋瑾 ‥‥‥‥‥‥‥ 177

1. 甘愿以身殉法的李离

李离大约出生于今天的山西省侯马市一带，生卒年份无从考证。《史记·循吏列传》记载，李离在春秋时代的晋国担任理官一职，其任职时间在晋文公（前636—前628年）时期。

春秋时，晋文公叫李离做理狱官。李离判案公正无私，一丝不苟。

一次，李离判错了案子，冤杀了人，他毫不犹豫地请求狱吏给自己上了刑具送到大殿上，并请求国君处死自己。

国君心平气和地说："官有大小之分，刑有轻重之别。这个案子判错了，是你手下的官吏有罪，与你没有关系，你有什么罪呢！"

李离沉痛地回答说："我身为狱官之长，从来没有让位给小官；我的薪水也最多，从来也没有拨给他们分文。现在我判错了案子误杀了人，倒叫我手下官吏去死，我怎么能忍心呢？无论如何我也不能同意。"

国君脸色严肃起来，说："你一定认为自己有罪，

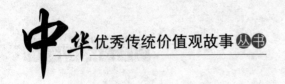

那么不是连寡人也有罪了吗?"

李离果断地回答说:"按照法律,判错刑就该自己受刑;错杀了人自己就该被杀。国君您过去相信我能够明察案情,决断疑案,才叫我担任理狱官的,如今我错断了案子,杀了无辜之人,我罪大恶极,不可饶恕,应该处以死刑。"

国君坚定地说:"放弃自己的职位,丢弃自己的官职,只知道接受法律制裁而忘记国家的需要,不是我所希望的。赶快走开!不要给我增添烦恼!"

李离回答说:"政治紊乱,国家危险,是国君忧虑的;军队打败仗,士兵溃散逃跑,是将领们忧虑的;至于没有才能为国君做事,糊里糊涂地做官,是没有功劳白吃俸禄的,我不能因亵渎职位而玷辱自己。"说完,便伏在剑上自杀了。

国君又悲痛又惋惜,他失掉了一位正直无私、甘愿以身殉法的理狱官。

百姓知道这件事后,都赞叹不已,连声说:"真是忠于法律的人啊!《诗经》上说:'那些品德高尚的人呀,是决不会白吃饭的。'说的就是李离这样的人。"

◆ 勇于承担责任,是为官者必备的素质,是领导者应有的道德规范。像李离这样豁出脑袋维护法律尊严者,在古代不过是凤毛麟角。他严于责己、勇于负责的精神,确实难能可贵,足以传颂千古,启迪后世。

2. 执法上严毅方正的魏绛

魏绛——即魏庄子，春秋时晋国卿。他是春秋时期晋国卿大夫，著名政治家、军事家。其先祖为庶人，与周同姓，因伐纣有功被周武王封于毕，于是以毕为姓。到毕万时，事晋献公，伐霍、耿、魏等国有功，封于魏，遂又以魏为姓。魏绛生卒年不详，他辅佐晋悼公（前573—前558年在位）实现了多次会合诸侯，提出并实施和戎政策，开创了中国历史上汉族争取和团结少数民族的先例。

春秋时，鲁襄公三年（前570年）六月，诸侯霸主晋悼公召集各国的诸侯开会定盟。开会之时，晋国的军队列阵在鸡泽东北的曲梁，一方面作警卫，一方面作仪仗。

当时，晋悼公的弟弟杨干也在军中，他依仗哥哥是国君，便为所欲为，目无军纪，他坐着车子冲进晋国部队的阵列中肆意行进，顿时军阵一片混乱，许多人见到后，都义愤填膺，但又不敢言语，大家把目光转向魏绛。魏绛担任中军司马，主管军中司法。他当机立断，立即下令拘留了这辆车子。大家知道，当时的礼法规定

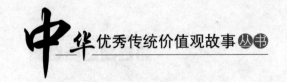

是刑不上大夫，他没有权利直接处罚杨干。但他想对于这种横行霸道的人必须得狠狠地教训教训，以严明军纪。于是他果断地下令斩了杨干的车夫，军队秩序顿时井然。

大家看到魏绛执法，不畏权贵，铁面无私，无不十分敬佩，同时也为魏绛捏了一把汗。人们担心，晋悼公会降罪于魏绛的。果然，晋悼公得知这一消息，怒不可遏，他把比中军司马更高的司法官副中军尉羊舌赤喊来，声色俱厉地命令他说："我们召集各国诸侯来此会盟，是为了给自己增加荣耀，可结果我弟弟杨干的车夫被斩，还有比这更大的羞辱吗？你一定要替我出这口气，杀了魏绛，千万不可饶恕他！"

羊舌赤说："魏绛担任中军司马，全心全意，尽职尽责。他既然能够为您做事而毫不畏惧，知难而进，那他如果有了罪过就指定不会逃避刑罚，他肯定会来向您讲明缘由，何必劳驾您命令我去逮捕他呢？"话音刚落，外面有人进来报告，说魏绛急速地赶来了。这时魏绛在宫门外从怀里掏出一封信，亲手交给了门前的侍卫，让他转交晋悼公，然后，自己拔出剑来，就要自杀。这时在魏绛旁边的下军副帅士鲂与主管侦察的大夫张老看到了他，赶紧上前夺下魏绛手中的宝剑，把他救了下来。

此时，宫门里面的晋悼公已经打开了侍卫送来的信，清秀的字体映入眼帘："过去由于您没有找到合适的人选，所以让我暂时充当了中军司马这个职务。我觉得既然任了这个职，就应尽职尽责，竭力把应该办的事办好。我常听人们说，'当士兵的必须服从命令，使军中号令如山，这样的军队才算是威武；当军官的必须誓死维护军令，这才算是尊敬国君。'现在您召集各诸侯会盟，在这样隆重的典礼上，我怎么能对您不尊敬，不认真维护军法呢？如果士兵可以目无法纪，各行其是，全军松松散散；当官的又视而不见，把国君对自己的委托视同儿戏，那我们就是罪恶滔天了。我就是害怕犯这种罪，更怕因为自己失职，而使杨干犯更大的目无军纪的罪，所以我及时惩罚了他。我知道我的罪过是无法逃脱的。况且杨干发展到今天的地步，也是由于我们平时没能对他很好地进行训导，我自己的罪过是严重的。在这样的事实面前，难道我还能不顺从您的意愿，再惹您生更大的气吗？请您把我的尸体交给大司寇，让他去号令示众。"

晋悼公看罢信，他顿时醒悟了，他知道魏绛信的最后说"请把尸体交给大司寇"，这无疑是要自杀，于是他慌忙站起身，连鞋子也顾不上穿，光着脚跑出门去。出了门，一把拉住魏绛，又是惭愧，又是后悔，他坦诚地说："我刚才对羊舌赤说的那番话，是错的，是仅仅出自对兄弟的友爱；而您执行的是法律，是为维护军中的礼法。我连自己的弟弟都没有管教好，因此他触犯了军令，这完全是我的错。您可千万不能自杀，您如果自杀，就更加重了我的罪过，我十分诚恳地请求您！"

　　回国以后，晋悼公认为魏绛铁面无私，能够以法治军，可以作为大家的楷模，于是专门设宴，为他庆功，并提拔他为新军的副元帅。

　　◆ 魏绛执法一丝不苟。晋王之弟违反军纪，他严惩不贷，表现了一个大臣的忠贞和刚正不阿。一个国家能有这样的臣子，晋国怎能不称"雄"图"伯"，人民又怎能不拥戴呢？

3. 法不阿贵的司马穰苴

司马穰苴，生卒年不详，春秋末期齐国人。原来姓田，名穰苴，曾领兵战胜晋、燕，被齐景公封为掌管军事的大司马，后人尊称为司马穰苴。是我国早期的著名军事家、军事理论家。

在田穰苴生活的时代，诸侯之间连年战争。一次，晋国联络燕国，准备进犯齐国，争夺地盘，形势很危机。田穰苴文武双全，精通兵法，只是出身低微，一直没被重用。危急之时齐景公想到了田穰苴，并马上召见了他，委任他为大将，让他带五百辆战车去迎敌。

田穰苴考虑到自己出身低微，今天平步青云，当上了大将，将士们未必能服，万一打起仗来不听自己的，误了国家大事怎么办？于是对齐景公说：“蒙主上提拔，让我当了大将，统率全军，我非常感激。但是，希望您能派一个您最信任而地位又尊贵的大臣来做监军。”齐景公答应了，便派自己的心服大臣庄贾担任监军。

田穰苴和庄贾见面后，一起商量出师的大事，分别时约定：“明天大军集合，请监军务必于明天中午准时

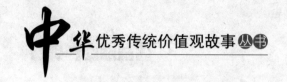

到达军营。"庄贾满口答应，拱手告别。田穰苴回到军营，立即派人在营外空地上立下一根木杆，便于第二天观测木杆在太阳光下投下的影子，来判定庄贾到达军营的时间。

庄贾最被宠信，地位显赫，平素仗着国君的威势专横跋扈，这会儿哪里会把田穰苴放在眼里呢？次日上午，庄贾的亲朋好友，朝廷百官都前来为他送行。他在府里大摆宴席，招待送行的客人。宾客们开怀畅饮，庄贾喝得酩酊大醉，早把昨天的约定忘到脑后。宴会散时，已经是夕阳西下，庄贾这才东倒西歪地坐着车到军营去。

田穰苴早已把军队整顿好，只待庄贾监军到来。可是左等右等，正午时间已过，还不见庄贾的影子。田穰苴令人把木杆放倒，表示庄贾已经违约，然后他大步走进军营，田穰苴问他："监军怎么这时候才来？"庄贾哈哈大笑说："朋友们来送行，大家热闹了一场，多喝了几口酒，来迟了一步。好，现在咱们就出发吧。"

田穰苴态度严肃地说："您知道吗，一个做将军的，从接到出征的命令的那一时起，他就应该舍家为国，严守纪律，不顾个人安危，冲锋陷阵。如今大敌当前，百姓恐慌，国君寝食不安，国家安危重任担在我们肩上，您怎么能不慌不忙，宴请宾客为您送行，以至误了时间呢？"

庄贾见穰苴非常认真，心里很不是滋味，正想要发作，又听田穰苴喊道："军法官哪去了？"

军法官连忙走过来。田穰苴问："过时不到，按军法该当何罪？"军法官回答："当斩！"庄贾一听"斩"字，吓了一大跳，马上叫手下人跑着去向齐景公求救。田穰苴当机立断，立即下令把庄贾斩了，三军将士为之震动，这时求救的人回来了，可是已经晚了。

齐景公得知田穰苴要以军法处死庄贾，急急忙忙派使者拿着符节去救庄贾，使者自以为是国君的命令在身，就驾着车飞也似的冲进了军营，嘴里高喊着："刀下留人，国君赦免了庄贾监军！"

田穰苴喝住使者，说，"将在外，军令有所不受。"接着又问军法官："对闯进军营的人，应当如何处治？"

军法官回答："当斩！"使者听到"斩"字，顿时吓得面如土色，跪地求饶。

田穰苴说："国君派来的使者是不能杀的，但是军法如山，不能不执行。"说着他下令斩了使者的随从，砍了使者所乘车厢外的立木，杀了左边驾车的那匹马，以代替使者受刑。随后，田穰苴便命令全军将士，原地待命。

三天后，田穰苴下令：全军立即开赴前线，打败敌军，收复失地！全军将士看到田穰苴执法如山，不避权贵，都十分感动。官兵同心同德，争着要杀敌立功，誓死报国。

齐军的这些情况不胫而走，晋、燕两国军队的统帅

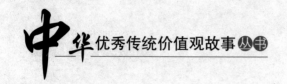

闻听，都十分惊慌，不敢与齐军交战，纷纷撤退。田穰苴率领齐军奋勇追击，节节胜利。不久，就把几年来失去的土地全部收复了。齐军凯旋。

齐景公高兴万分，亲自率领文武百官到郊外迎接田穰苴，犒劳三军。接着，他正式任命田穰苴为大司马，掌握全国的军事大权。从此，人们又叫田穰苴为司马穰苴。

◆ 故事中描写的穰苴，可谓古代执法者的优秀代表。在积极推进依法治国，维护法律尊严和社会公平正义的今天，穰苴法不阿贵，执法如山的精神仍然值得发扬光大。

4. 矢志献身于祖国的屈原

屈原（前340—前278年），芈姓屈氏，名平，字原，中国战国末期楚国丹阳（今湖北秭归）人，屈瑕的后代，中国最早和最伟大的诗人之一。

五月的洞庭湖边，汨罗江畔，凄风苦雨，一片荒凉。滩头的水鸟，唱着悲歌；江边的柳叶滴着苦涩的泪珠。有一个人披头散发，一直徘徊在江边。他身子瘦弱得很，脸色也十分难看，而且一会儿放声大哭，一会儿低声吟诵着诗句。

他就是我国历史上第一位伟大的爱国诗人屈原。他生在战国末期的楚国，出身贵族，其故里在今湖北秭归县屈坪。那里保存着许多相传与他有关的古迹，还有后人修建的屈子庙。

屈原年轻时，楚国还很强大。当时他是楚怀王的左徒，学识广博，记忆超群，品德高尚，善于辞令，怀有统一列国的远大抱负。他曾参与国家的内政外交，主张联齐抗秦，改革政治，变法图强，并曾出使齐国，深得楚怀王的信任和人民的拥护，同时也遭到了那些腐败守

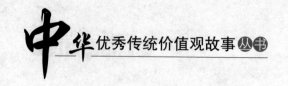

旧贵族的坚决反对。他们嫉妒屈原的才能,处处和屈原作对。

一次,楚怀王叫屈原制订一份强盛楚国的新法令。屈原刚写完草稿,掌握军政大权的守旧派靳尚来了,见到屈原起草的初稿,便要夺了去,据为己有。屈原赶紧把草稿收起来,态度严肃地说:"这是草稿,还没确定,谁也不许看!"

靳尚无可奈何,只好灰溜溜地走了。到了楚怀王那儿,他就造谣陷害屈原,他一本正经地对楚怀王说:"大王您还蒙在鼓里呢,您让屈原制订法令,他把这当成炫耀自己的本钱。谁不知道呢,每颁布一项法令,他就到处夸耀自己说:'哼,除了我,谁能做得了呢?'""啊!是吗?他还说了些什么?""他还说,大王昏庸无能,鼠目寸光,大臣们都贪婪自私,碌碌无能,朝政大事缺他可不行!"怀王听了信以为真,勃然大怒,渐渐地疏远了屈原。

屈原毫不在意,一如既往,一有机会仍旧去劝谏楚怀王,屈原担心楚国会葬送在靳尚这帮人手里。楚怀王一点儿也听不进屈原的忠言,并越发讨厌他,国家军政大事不再找他商议,贬他担任三闾大夫,管些无关紧要的事情。

不久,屈原被迫离开楚国京城郢都,流放到汉水以北。他的耿耿忠心没人理解;他的才能不得施展,政治抱负不能实现,却眼睁睁地看着楚国一天天衰败下去,他极度痛苦、愤懑、失望，写下了一首著名的抒情长诗《离骚》，抒发了自己忧国忧民的情怀。

后来，有一次，秦国约楚王在秦国的武关相会，举行和谈。楚怀王看过信后，举棋不定，去，怕被扣；不去，怕来进犯。群臣意见也不一致，大家议论纷纷。突然，有一个人从殿堂下面走来，大声嚷着说："大王可千万不能去，秦国不可信！"大伙一看，都很吃惊，来的竟是三闾大夫屈原，他担任的官职根本无权参议国家大事。但是屈原关心国家的安危，他唯恐怀王再上当受骗，便毫无顾忌地冲进殿堂。他十分激动，对怀王说："秦国一向不讲信义，像虎狼一样凶狠残暴，我们曾多次上当。这次秦王约您去赴会，肯定又没好事，大王您千万不能去。"楚怀王迟疑不决。那些守旧派主张投降的大臣，如楚怀王的小儿子子兰等人，一看这情形，赶忙替秦国说起好话来。一个劲地劝楚怀王去，楚怀王听信了这些人的话，终于出使秦国。结果死在秦国。

消息传来，屈原悲愤极了，他把这种感情抒发出来，写了《招魂》一诗。

这时，楚顷襄王做了国君，并让子兰当了令尹，子兰和靳尚这班人打得火热，他们每天只知吃喝玩乐，根本不过问国家大事。秦军入侵，杀死楚军五万人，夺去了十五座城，他无动于衷。屈原却忧心如焚。他寄希望于国君，盼望国君尽快醒悟。他连续不断地写了好几封奏章，劝国君改弦易辙，选贤任能，斥退奸臣，改革内

政，抓紧练兵，以图报仇雪恨。

不巧，这些奏章竟落到了子兰手里，他火冒三丈，恨不得杀了屈原才称心。但是人们热爱屈原，子兰怕引起公愤，便始终不敢轻举妄动。于是他重蹈覆辙，继续造谣陷害屈原，靳尚对顷襄王说："屈原这个人一向狂妄自大，先王在位之时，他就根本不把先王放在眼里；而今，他又以老臣自居，还胆敢上书教训您。背地里就更有恃无恐了。说子兰不主张讨伐秦国，是不忠；说大王不为先王报仇，是不孝。大王您是一国之君，又有雄才大略，怎么能让他这样污蔑呢？"顷襄王越听越气，即刻下令撤了屈原三间大夫的官职，把他流放到楚国的南疆。

楚国的南疆就在现在的湖北湖南一带地方。当时那儿十分荒凉。屈原孤苦地生活着，他仍时时眷恋楚国，牵挂着楚王，企望顷襄王有朝一日能召他回国都，以便改变楚国疲弱的局面。可是，年复一年，日复一日，没有召他回朝廷的消息，他的内心苦闷极了。

一天，屈原来到庙堂。庙堂墙壁上的天地山川、神灵以及神话传说映入眼帘，他感慨万千，联想到楚王不听忠言偏信谗言，弄得国家日益衰弱，自己为国尽忠，反遭放逐的情景，不禁仰天长啸，质地问天："天上是不是真有神灵？如果有万能的神，怎么能允许坏人横行霸道好人遭殃？""为什么违法乱纪的人升官发财？奉公守法的人却被判死刑？""天下为什么这样不公平？"等他边问边把这些话写在墙壁上。他从宇宙起源问到天体构造，从神话传说问到历史记载，从宇宙世界问到他自己，一口气提出一百七十二个问题，这就是著名的气贯斗牛的长诗《天问》。

后来，楚国的国都也被秦国占领了，百姓到处流亡，受尽了痛苦。屈原听到这个消息，伤心得痛哭流涕，愤然写下了《哀郢》《怀沙》等爱国诗篇，哀悼国都失陷，表达自己视死如归的意志。

屈原悲愤地徘徊在江边，边走边吟诵着自己创作的诗歌。一位渔夫看见他，吃惊地问："您不是三闾大夫屈原吗？怎么落到这步田地啊？"屈原说："天下都混浊，唯独我洁净；众人都沉醉了，唯有我一人清醒，所以被流放到这儿来了。"渔夫百思不解地问："您为什么不随大流呢？"屈原沉痛地说："我不愿同流合污，宁肯跳入江心，葬身鱼腹中，也不愿与那些奸臣一道糟蹋楚国！"

在农历五月初五那天，天阴沉沉的。屈原毅然决然地抱起河边的一块石头，跳到汨罗江里，以身殉国。

附近的庄户人家和渔人听到屈原投江的消息，纷纷赶来，都划着小船争先恐后地去救他。可是江水滔滔，哪还能寻到屈原的影子？屈原一生爱祖国、爱人民，最后却投江自尽，人们都为他难过、悲痛，好些人伤心得痛哭流涕。有人用苇叶包了糯米饭倒进汨罗江里，想让屈原知道大家的心意。还有人怕江里的蛟龙抢吃这种食

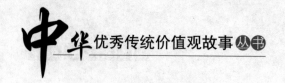

物，又在苇叶外边系上彩线，吓唬蛟龙，保证屈原能够享用。这种食物就叫粽子。

从此，每逢这一天，大伙儿都划着小船来这里悼念屈原。这一天也就成了屈原的纪念日，俗称端午节。

屈原不仅受到我国人民的爱戴，而且也受到世界各国人民的敬仰。1953年，世界和平理事会决定纪念世界四大文化名人，屈原就是其中之一。

◆ 屈原热爱祖国和人民，衷心地希望楚国能强盛起来，实现统一的大业。他忠君爱国，忧国忧民，矢志献身于祖国的精神和不屈不挠的斗争意志，壮怀激烈的气节和风骨是青少年学习的榜样。

5. 执法天下无冤民的张释之

张释之，字季，南阳堵阳（今河南方城县东）人。
生卒年不详。中国西汉法律家，法官。汉文帝元年（前
179 年），历任谒者仆射、公车令、中大夫、中郎将等
职。文帝三年升任廷尉，成为协助皇帝处理司法事务的
最高审判官。

汉朝人张释之当廷尉（如同现在的最高法院院长），
执法公正，铁面无私。

有一次，皇上外出路过中渭桥，忽然有一个人从桥
底下跑了出来，惊了皇上驾车的马，皇上怒气冲天，立
即派卫士逮捕了那个人，交给廷尉张释之审理。

那个人被宣来到公堂，他直言不讳地供称："我从
乡下来到长安，听说御驾经过禁止通行的命令，急急忙
忙躲到桥下。过了好久，我以为皇上已经过去了。可是
钻出来之后，看见皇上的马车正在通过，立即转身跑
了。"

张释之呈上判决书："这个人违犯戒严令，判罚赎
罪金。"

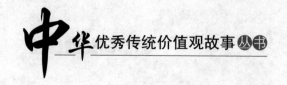

皇上怒不可遏地说：“这个人吓惊了我的马，幸亏我的马脾性温和。假如是一匹性情暴烈的，不就翻车摔伤我了吗！可是你居然只判处罚金！”

张释之心平气和地回答说：“法律是皇帝和天下人所共同遵守的，不应该偏私，按现在法律就是应该这样断法。如果擅自改动，加重处罚，那么，百姓也就不会相信法律了。况且在当时皇上要严办他，派人当场把他杀掉也就算了。现在你既然把案子交给廷尉，廷尉是执行法律的，是天下公平执法的模范，一旦有了偏差，天下众多执法官吏都会随心所欲增减刑罚，那怎么得了，叫百姓又怎么办呢？请您千万再仔细地考虑考虑。”

皇上明白了，对张释之说：“廷尉你判得很对呀！”

后来有一个人盗窃高祖庙里神座上供着的玉环，被逮捕了。文帝十分恼怒，命令交给廷尉治罪。张释之根据盗窃宗庙先帝器物的法令规定，做出的判决是：死刑。

皇上勃然大怒，说：“这个人无法无天，竟敢盗窃先帝的器物！我把他交给廷尉审理，就是打算判他灭族的刑罚，可是你却依据一般的法律来判决，这不符合我敬奉先人的本意啊！”

张释之摘下帽子，叩头解释说：“依照法律判他死刑，也就到顶了。况且砍头与灭族同是死罪，但轻重的程度有差别。如今盗窃祖庙器物的就办灭族的罪，那么，万一有那个愚民偷着在长陵（皇帝的陵墓）上挖一捧土，陛下您还将怎么加重处罚他呢？”

许久，文帝和薄太后商议了这件事，才同意了廷尉的判决。人们称赞说："张释之当廷尉，天下没有被冤枉的人。"

◆ 张释之以法律为准绳，不凌弱，不畏强的执法精神以及直言诤谏的态度，不仅体现了中国文化传统中的正面价值，而且对于当今法治建设有一定的借鉴作用和积极意义。

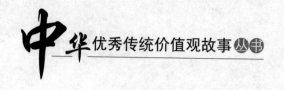

6. 持节不屈的苏武

苏武（前140—前60年），中国西汉大臣。字子卿，汉族，杜陵（今陕西西安东南）人。武帝时为郎。天汉元年（前100年）奉命以中郎将持节出使匈奴，被扣留。

"苏武留胡节不辱。雪地又冰天，苦忍十九年，渴饮雪，饥吞毡，牧羊北海边。心存汉社稷，旄落犹未还。历尽难中难，心如铁石坚，夜坐塞上时闻笳声入耳痛心酸。"这是后人为纪念和颂扬苏武而编写的一首歌词，并广为传唱。

两千多年前，汉朝和北方的匈奴经常发生战争，双方都接连不断地派出使者窥探对方的动向。匈奴前后扣留了汉朝的使者有十几批。匈奴派来的使者，汉朝也常把他们扣留起来作为人质。

汉武帝天汉元年（前100年），匈奴且鞮侯单于继位后，便假惺惺地说："汉朝皇帝是我的长辈啊！"并把汉使者路充国等人一齐送回汉朝。汉武帝很赞赏他明白事理，于是派苏武、张胜、常惠等百余人出使匈奴，护送扣留在汉朝的匈奴使者，并且准备了一大批丰厚的礼

GANGZHI ZHENGYI DE GUSHI
刚直正义的故事

物，答谢单于的好意。临行时，武帝任命苏武为中郎将，并亲手交给他一根"使节"。这使节是竹子做的，它能表明使者身份。

苏武到了匈奴，交还扣留的使者，送上礼物。哪儿知道单于并不是真心要跟汉朝讲和，他送回使者只不过是个缓兵之计。如今见汉朝已把使者送回，还送了许多礼物，就以为汉朝中了计，更加骄横起来，对待苏武也很不讲礼貌。为了两国和好，苏武不便多说话，更不能发脾气，他只等着单于写了回信让他回去就是了。

宁死不降

没料到就在此时，匈奴国内发生了谋反案件。匈奴人缑王和被迫投降匈奴的汉朝人虞常等人密谋，企图绑架单于的母亲到汉朝去请功。虞常原来和张胜一直很熟识，他私下拜访张胜说："听说咱们的皇上恨透了投降匈奴的卫律，我能为汉朝效力，把卫律杀掉。不过我的母亲和弟弟都在汉朝，希望他们能得到皇上的奖赏。"张胜答应了，并送了些财物给虞常。

一天，单于外出打猎，只留下单于母亲阏氏和单于的子侄们在家，虞常他们想趁机行事，不料出了叛徒告密，单于子弟发兵与他们战斗。缑王等人全部战死，虞常被活捉。

单于派卫律审问这件事。张胜听到消息，恐怕以前和虞常的谈话被查问出来，就把事情的经过告诉了苏

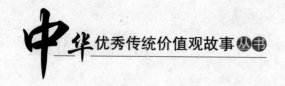

武。苏武说："事情既然如此，必定会牵连到我，受到审讯后再死，那就对不起汉朝了。"说着，拔出刀就要自杀，张胜、常惠眼快，连忙拉住他的手，夺去刀，他没死成。

虞常被审问之后，果然牵扯上张胜。单于大怒，扣留了苏武一行人。并派卫律审讯苏武。苏武想到竟然要受降贼的审问，悲愤地对常惠等人说："丧失气节，辱没了国家的使命，即使活着，还有什么脸面回汉朝！"一面说，一面又拔出佩刀向脖子上抹去，顿时鲜血直流，昏迷不醒。卫律大吃一惊，怕受到单于的责罚，一把抱住苏武。并派人立即去请医生。医生奋力抢救了半天，苏武才缓过气来。常惠等人看到苏武浑身血迹，气息奄奄，哭着把他抱回驻地。苏武如此倔强，富有气节，连单于也不得不十分钦佩，并早早晚晚派人去问候。

为了威逼苏武投降，他的伤势刚见好转，单于就命令卫律当着苏武的面一剑刺死虞常。然后宣布："汉使张胜谋杀单于亲信大臣，该当死罪。可是单于有令：如果投降，就可以免死；若不投降，我就砍下你们的脑袋！"说完，举起宝剑就要向张胜砍去，张胜连忙跪倒在地，乞求投降。

卫律回过头来，又凶狠地对苏武说："你的副手犯了死罪，你应该一道治罪。"

苏武说："这件事我根本不知道，又不是他们的亲属，怎么谈得上一道治罪！"

卫律又举起宝剑，向苏武砍来，苏武昂首挺立，毫无惧色。卫律一看吓不倒，就又换了一副面孔，收起宝剑，和和气气地劝苏武说："苏君呀！我背叛汉朝归附匈奴后，单于非常优待我，封我为王，现在我管辖好几万人，牛马羊满山遍野，多么阔气啊！你今天投降，明天就会像我一样富贵。如若不然，白白地让自己的血肉来滋润旷野，又有谁会知道呢？"苏武好像没听见，一声不吭。

卫律又说："您要是听我的劝告，投降过来，我愿意跟您拜为兄弟；如果不听我的劝告，以后即便想再见我，那恐怕是办不到了！"

苏武气愤极了，大骂卫律说："你是汉朝的臣子，竟忘恩负义，背叛朝廷，抛弃爹娘，甘当俘虏。像你这样不忠不孝的人，我真羞得见你。单于信任你，让你审理案件，你不主持正义，反而打算挑起两国君主大动刀兵，你坐山观虎斗。你明知我不会投降，不过想逼死我，以激化两国的矛盾，挑动两国打仗，你居心不良，要杀要剐由你。将来汉使来问罪，你逃脱不了。"

北海牧羊

卫律对苏武束手无策，不得不回去报告单于。单于听了更加钦敬苏武，越发想招降他，于是叫人把他抛进了一个阴冷的地窖里，不给饭吃，也不给水喝。恰好碰上天降大雪，苏武躺在地窖里，用手接飘落的雪花，嚼

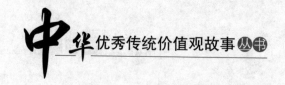

一口雪，和着毡毛，一口一口地吞下去，好多天没有死。匈奴以为苏武有神保护，就把他流放到遥远的北海边，即今西伯利亚的贝加尔湖边上去牧羊。给他放的是一群公羊，说什么要等公羊生下羊羔，才能放他回来！

荒凉的北海，终年为冰雪覆盖。

苏武一个人在荒无人烟的北海边牧羊，多么孤独和困难啊！"汉节"成了他唯一的伙伴，他每天拄着它，屹立在风雪中牧羊；晚上，又与它同床共枕，度过了一个个漫漫的长夜。长年累月，"汉节"上的毛全都脱落了。每当他抚摸那根"汉节"时，就感到有千百万同胞和他在一起，为此，他顽强地生活着。渴了，就抓把雪放到嘴里；饿了，就挖掘野鼠洞，寻找草籽干果外加毛毡充饥；冷了，就和羊群依偎在一起取暖。他消瘦、憔悴，熬过了十个年头。

李陵劝降

一天，他在长安的一位老朋友李陵突然来到北海。原来，李陵在苏武出使的第二年因兵败投降了匈奴，这次奉了单于的命令来劝说苏武。在奴隶主的帐幕中，为苏武摆了酒席，两个人促膝谈心。几杯酒后，李陵诚恳地劝苏武说："单于听说我跟你是好朋友，所以叫我来劝你。单于十分钦敬你，诚心诚意地等待你归顺，看来终究不会让你回汉朝了。白白地在这荒凉寒冷的地方受苦，有谁知道你对朝廷的一片忠诚呢？自打你出使以后，你的母亲和一兄一弟都已相继死去。后来又听说你妻子也改嫁了。你的两个妹妹和三个孩子又不知是死是活。"

回忆起家庭的种种不幸，使这位身居塞外的将军泪流满面。李陵呷了一口酒，喊着苏武的号说："子卿，你不想投降，还留恋什么？人生就像朝露，多么短促，你何必长久地自讨苦吃呢？况且皇上年岁大了，法令又没个准，大臣们有的无缘无故便遭到灭族惨祸，是福是祸，谁也说不清，你到底还为谁效忠呢？希望您听我的劝告，不要再固执了。"

帐外大雪纷飞，朔风怒号。苏武满怀深情地说："我们兄弟三人全是朝廷的近臣。我常常希望有机会能为国家抛头颅，洒热血。如今有了舍身报国的机会，就是挨刀斧，下汤锅，也是甘心情愿的。君主代表国家，臣子对待君主，就像儿子对待父亲一样，儿子为父亲牺牲，是不会有什么遗憾的，希望你不必再劝说我了。"

李陵不甘心，又一再恳求地说："老兄，您一定要听我的话呀！"苏武板着脸，斩钉截铁地说："我早就把自己当作死在这里了，如果你一定要逼我投降，我今天就死在你面前。"李陵见苏武如此倔强，如此赤诚，感慨万端，感叹地说："唉，真是高尚的人啊！我和卫律的罪过大极了，不可饶恕呀！"他感伤得痛哭流涕，并就此和苏武告别而去。

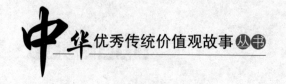

大雁传信

在北海，苏武度过了十九个年头。风沙撕破了他的衣衫，岁月染白了他的须发，冻饿练就了他一副硬骨头。他盼啊，盼啊！盼望着有一天能回到日夜思念的汉朝。

汉昭帝继位几年以后，匈奴和汉朝和好结亲。汉朝派使臣到匈奴去要求放还苏武等人。单于欺骗汉朝使者，说什么："苏武他们早就死了。"后来汉朝又派使者来到匈奴，当时常惠仍然被囚禁在监狱里，他听说后，立即请求看守一同出去。

当夜会见汉朝使者，把他们的不幸遭遇详细告诉了汉使，并教给他一个能使苏武回去的办法。第二天，汉朝使者按常惠的计策，对单于说："汉天子在上林苑（皇帝射猎的宫苑）中打猎，射下一只大雁，雁脚上系有一封帛书，上面写着苏武他们仍然活在荒泽中。"

单于暗想，大雁都那么有情有义，可是我怎么连鸟兽都不如。再看看汉朝使者愤怒的神色，他感到十分惊慌，只好向汉使道歉说："苏武他们确实还活着。"于是他不得不将苏武找来，交给汉使。苏武苦忍十九年，终于盼到了回归汉朝的日子。

临行时，李陵设宴祝贺，他十分感慨地对苏武说："如今您返回汉朝，不但在匈奴中威名远扬，对汉朝更是功勋卓著。即使古代史书所载的英雄豪杰，又有谁能超过您呢?"苏武到达汉朝国都长安的那天,百姓们涌上街头,热泪盈眶,夹道欢迎这位光荣的使者。汉昭帝也嘉奖了他。

从此,苏武牧羊的故事世代相传,他那崇高的气节一直激励着后人。

◆ 苏武威武不能屈、富贵不能淫、贫贱不能移的高尚气节,使他的形象流芳百世。

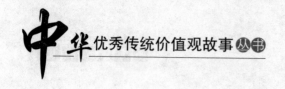

7. 刚直切谏的汲黯

汲黯（？—前112年），西汉濮阳（今濮阳西南）人，字长孺。汉景帝时汲黯为太子洗马，汉武帝时任中大夫。因常规劝武帝，武帝不耐，调为东海郡太守，是汉代著名的直谏之臣。

武帝时，汲黯担任谒者，奉命出使，路过河南郡，见那里发生了严重的旱涝灾害，有万余家贫苦百姓挨饿，甚至父子相食，他来不及向上级报告，便机动灵活，拿着使节命令当地赈济灾民，打开官府粮仓把稻谷分发给贫民。事后，他请求把使节归还给皇上，并主动承担假传诏命的罪过。皇上认为他很有才干，不但没治他的罪，还提升他为荥阳令，不久又提拔为中大夫。

汲黯非常仰慕古代的正直敢谏之臣，他不怕冒犯皇上的威严，无数次地直言劝谏，因而他被调出京城，派到边远的东海郡做太守。因为工作做得好，皇上又把他召回京城，委以重任，位列于九卿。

一次，皇上召集文学儒生，对他们说打算施行仁义。汲黯说："陛下内心有私欲，却想对外施行仁义，怎么能够把国家治理好呢！"皇上被说得哑口无言，神色大变，宣布退朝。公卿大臣都为汲黯捏一把汗。后来皇上对左右大臣说："汲黯也太憨直了！"

群臣中偶有一人责备汲黯不该冒犯皇上。汲黯说："皇上安置我们诸位公卿辅佐之臣，就是要求我们匡正救过，岂能一味阿谀奉承，使皇帝误入歧途呢？况且各位身居高位，即使爱惜自己，怎么可以眼看朝廷失误啊！"那位大臣无话可答了。

张汤是法官，他随意更改刑律法令。汲黯常常在皇上面前斥责张汤，他说："你身为国家重要官员，不能发扬光大祖宗的功业，使国家安定和人们富足；不能惩治天下人的邪心，使囹圄空虚。而是随随便便地更改祖宗之法，这怎么行呢？如果实行你的苛法，将会使天下人路也不敢走，眼也不敢看了。我认为应该处罚你。"他与张汤时常争辩得面红耳赤。汲黯的持论，直爽严肃而又能把握原则，不肯为张汤的苛论所屈服。

匈奴浑邪王率领兵士来投降时，汉朝征兵车两万辆，准备前去接运投降的浑邪王等人。当时国库没有许多钱购买马匹，只得向民间借马，有的百姓把马匹藏了起来，因而征调的马匹数量不足，皇上十分恼怒，认为办差不力，打算杀掉长安令。汲黯说："长安令没有罪过，我是长安令的长官，你只要把我杀了，百姓就能把马献出来。何必惊扰全国，竭尽民力来伺候这批匈奴的降人呢？"皇上沉默不语。

后来浑邪王来到汉朝，中国商人与匈奴降人往来买卖的，因为出售违禁品而被判死罪的有五百人。汲黯请求召见，当见到皇上时，他说："先前匈奴拒绝和好，多次骚扰进攻我们，我们发兵征讨，死于战事的人不可胜数，浪费资财几百万。如今他们来投降，收留他们就可以了，何必又征发许多良民侍养他们，奉若骄子，倾尽府库资财来赏赐，还要屠杀五百名无罪的人，臣暗自认为陛下万万不可这样做呀！"皇上置之不理，还讥讽汲黯说："我很久没听见汲黯说话了，今天他又胡说了！"

过了几个月，汲黯被免官，隐居田园。

当时楚地社会风气很坏，有很多人私自铸钱。皇上这时想起汲黯，召任他为淮阳郡太守。他一开始推托年老多病，不肯就任。皇上对他说："让你做淮阳太守，只是借重你的威名，你可以舒舒服服躺在床上治理嘛！"并多次下诏书，强制地把印信交给汲黯，汲黯只好应承下来。临走前，他去拜访大臣李息，对他说："汲黯我被逐出做郡守，未能留在皇帝身边做建议官，十分遗憾。然而御史大夫张汤智巧足以使皇帝拒绝谏言，谎言足以将坏的说成好的；不能秉公替天下人说话，一味迎合皇上的意图。皇上不满意的事，他就诋毁；皇上想干的事，他就称好。又好多事，舞文弄法。在朝中用奸诈之计来左右皇上之意，在朝外勾结那班贪酷的官吏以培植自己的势力。您位列九卿，为何不早点提醒皇上，否则，您将同张汤一起受到惩罚呀！"李息十分畏惧张汤的权势，始终也不敢向皇上提起这话。

汲黯到任后不久，淮阳郡便治理得井井有条。

后来张汤败露，皇上得知了汲黯与李息的谈话，感慨万分，命令汲黯享受诸侯王相的待遇，仍任淮阳太守。同时，将李息按情节治罪。

◆ 汲黯为官以民为本，刚直不阿，不畏权贵，敢于直谏，廉洁奉公，因此而千古留名。

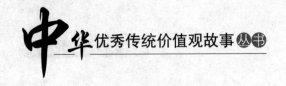
8. 犯颜直谏的辛毗

辛毗，字佐治，颍川阳翟（今河南禹州）人。东汉末及三国时魏国人物。

辛毗，三国时魏国人，生于颍川阳翟（今河南禹州）。他为官正直，敢于替百姓讲话。

有一次，文帝曹丕打算迁移冀州（治所在今河北冀州）士人之家十万户，来充实河南。那时正赶上天大旱，又闹蝗虫，老百姓没吃没喝，国家各部门都认为这事不妥当，可是文帝固执己见，非办不可。侍中辛毗和众多大臣都请求召见。文帝知道他们的用意，一脸不高兴地等待着他们，大家一看文帝的脸色都默不作声了。唯独辛毗毫不犹豫地问："陛下您打算迁移这些士人之家，有什么具体安排呢？"

文帝说："你认为我这样做不对吗？"

辛毗直截了当地回答说："我认为实在是错误的。"

文帝说："那好了，我不跟你争论了。"

辛毗仍不灰心，又诚挚地对文帝说："陛下您不认为我没有才干，因此把我放在您的身边，让我为您出谋献策，担任谋议官职，怎么能不跟我议论呢？况且，我所说的不是为了我个人，本来是替国家和百姓考虑，怎么能恼我呢？"

文帝干脆不理他，站起身，迈开大步向内室走去，辛毗紧追不舍，一把拽住文帝衣服的后襟。文帝奋力挣脱，走进内室，很久才出来，文帝对辛毗说："你为什么那么急迫地拽住我不放呢？"

辛毗说："现在您想搞移民，百姓都不满意，而且没有东西给他们吃，他们会饥饿而死，所以我不得不尽力来争辩，请您千万要考虑我的建议。"

文帝终于被说通了，他改变了计划。百姓都说："多亏了辛毗，他真是为我们着想的好官啊！"

◆ 辛毗是三国时期一个有胆有识的治世之才，他能够洞察时势，深谋远虑，加之他性情耿直坦率，刚正不阿，所以，不论是他仕魏王曹操，还是仕文帝、明帝时，都有过很好的建树。

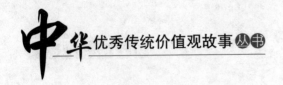

9. 秉公执法的尹翁归

尹翁归（？—前62年），字子兄，西汉河东平阳（今山西临汾西南）人，西汉大臣。初为市吏，后历任郡督邮、缑氏县尉、都内令、弘农都尉、东海太守等职，官至右扶风。

尹翁归自幼成为孤儿，在叔父家长大。他攻读诗书，又喜好击剑，在县里做狱吏后，又通晓了吏治之道，可称文武兼备。

不久，尹翁归做市吏，负责管理市场。当时朝中由霍光专权，霍氏宗族到处横行霸道，连霍家的奴客也仗势欺人，为害百姓。尹翁归不畏强暴，严加整顿，使霍家的奴客及其他市中恶棍敛迹，市场安宁下来。尹翁归身为市吏，廉洁自守，从来不接受贿赂，商人都很惧怕他，不敢随意敲诈勒索，因此市场上买卖公平。

后来，尹翁归辞职回家。这时，河东郡太守田延年巡察到平阳，寻访人才，发现了尹翁归。田延年召见尹翁归，尹翁归应对如流，才思敏捷，于是当即带领尹翁归回郡府。

尹翁归在帮助田延年办案过程中，认真了解案情，发现疑点，顺蔓摸瓜，然后将案犯一网打尽。田延年对他的才干很惊奇，暗以为自己不如尹翁归，于是让他分管河东郡一部分地方上的事务。由于尹翁归的政绩卓著，官职累升为弘农都尉，后来又任东海郡太守。

赴任前，他到当时人们称颂的廉直之官、朝廷廷尉（国家掌刑法之官）于定国府上拜访、辞行。于定国老家就在东海郡，这回想趁尹翁归前来，将两位同乡青年推荐给他，希望他给予关照。尹翁归来到之后，于定国在后堂召见并设座，谈论终日，可是尹翁归丝毫不谈私事，因此于定国没有机会张口提两个青年的事。

尹翁归走后，于定国对两位同乡青年说："尹翁归真是国家的贤才，你们在他手下是难以胜任的，以后也不要以私事求他。"尹翁归的正气，不能不使人肃然起敬。

尹翁归在东海郡守任上，明察秋毫，各县的吏民不论是好的坏的，以及奸邪之人的罪名，他都了如指掌。遇有重要案件，便装作不急的样子麻痹罪犯，使对方松懈而丧失警惕，然后突然袭击，将罪犯按名册一一抓捕归案，无一漏网。他对于地方豪强，也决不手软。郯县（今山东郯城北）地头蛇许仲孙十分奸猾，为害乡里，扰乱治安，百姓恨之入骨。前任郡守想抓捕他，却因他凭借盘根错节的地方势力而逍遥法外，最终也没有将他制裁。尹翁归在任期间，将许仲孙抓获，在街上杀头示

众，一郡都为之震动，无人再敢触犯刑律。

由于他政绩显著，被调至京城长安，管理扶风地区。他仍然采取在东海郡的办法，使扶风地区大治。

尹翁归虽然秉公执法，清廉自守，然而对人却很谦逊，不因自己功高而盛气凌人，因此在朝廷中很有美誉。在扶风任职四年，因病故去，家中竟无余财。

天子汉宣帝很赞赏他的贤德，特下诏书表彰说："扶风翁归廉平正直，治民之功超绝，不幸早逝，没能实现他更大的志愿，朕深感痛心。特赐翁归之子黄金百斤，以供奉他的祭祀。"

◆ 尹翁归秉公执法，廉不受馈，百贾敬畏。

10. 非议诏书的夏侯胜

夏侯胜（生卒年待考），字长公，宁阳侯国人（今山东宁阳），著名西汉朝学者。著名西汉朝今文尚书学"大夏侯学"的开创者。

汉宣帝刘询在本始二年（公元前72年）夏季五月里，发布一道命令说："考武皇帝亲自实行仁义，发扬威武，功业德行宏伟盛大，而他庙堂里演奏的音乐，与他的功德很不相称，对此我十分悲伤，要同各位大臣们商议。"

于是群臣们齐集在朝廷里面，针对皇帝的旨意进行讨论，大家争先恐后地发言，一致认为："应该依照皇上的命令办事，改写一部更加宏大、更有气魄的庙乐。"

这时，长信少府夏侯胜果敢地站起来，他直截了当地说："武帝虽然有驱逐四方外族、开拓疆土的功绩，然而阵亡了很多将士，耗费了数不清的人力物力。生活奢侈享乐没有节制，加上大闹蝗灾，蝗虫吃光了几千里地的庄稼，国库空虚，粮食没有储备，百姓流离失所，有一半儿人被饥寒夺去了生命，甚至发生了人吃人的现

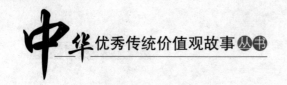

象。看来武帝有功也有过，而且对百姓没有什么恩惠，不应该为他创立庙乐，为他歌功颂德。"

诸位公卿听了夏侯胜的意见，都很吃惊，他们都怕得罪皇帝，惹来杀身之祸，所以一起反驳夏侯胜，他们严厉地说："夏侯胜，你可要知道，这可是皇上的命令，能随便更改吗？"

夏侯胜果断地说："皇上的命令不符合实际情况，不应该采用的，做臣的就有直言正论的责任，而不该随声附和，绝对服从。我坚持我的正确意见，即使处死，也决不后悔！"

于是丞相、御史纷纷向皇上检举夏侯胜，有人说："夏侯胜胆敢妄加评论皇上命令，诋毁先帝，大逆不道。"而且此事还牵涉到丞相长史黄霸。有人说："黄霸纵容夏侯胜，不检举，不揭发。"结果二人一起治罪，被关进了监狱。

在狱中，他俩仍然认真学习，讨论经书，研究治国之道。

后来遇大赦，二人重新做官。夏侯胜仍一如既往，刚正不阿。

◆ 这个故事彰显出夏侯胜宁为诤言死，不为献媚生的高风亮节。

11. 铮铮太守史弼

史弼（1233—1318年），元朝大臣，一名塔剌浑。字公谦，东汉末年陈留考城（今河南兰考县）人。

史弼少年时立志好学，曾在地方上做小官。他为人刚直不阿，不随波逐流。

他出任平原（治所在今山东平原县）相时，朝廷下诏书搜捕党人（指汉桓帝时反对宦官专权的一批士大夫），各郡上报而株连的党人多至数百，只有平原郡史弼没有上奏一人。朝廷于是下诏书到州郡，要求严惩追查党人不力的官吏。州官于是来到平原郡召见史弼，指责说："青州六郡，其中五郡都有党人，平原郡为什么偏偏没有？"

史弼义正词严地说："先王治理天下，划分出不同的行政区域。各地水土、风俗都不完全相同。别的郡有就有，而平原郡没有就是没有，怎么能都一样呢？如果顺着上司的旨意，诬陷好人，滥用刑罚，昧着良心做事，那么平原郡就可以户户有党人。但是作为一郡之相的我，宁肯一死而已，却不能那样做。"

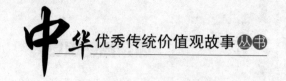

　　州官大怒，将平原郡官吏关进监狱，并随即举报史弼的行为给朝廷。不久赶上追究党人的事松下来，史弼用俸禄赎罪，得以免难。由于史弼刚直，爱护官吏和士人，救活了平原郡上千人。

　　史弼后来做河东郡太守时，朝廷下令各郡推举孝廉（汉代选举人才的科目）。然而当时推举孝廉的制度存在很多弊端，好多被推举的孝廉既不孝，也不廉，而是靠不正当关系上去的。史弼深知这种情况。他为了挡住权贵的请托。事先就命令手下不准向他呈递此类书信，并且不见为此类事而来的客人。

　　有一天，果然有朝中专权的中常侍（宦官）侯览派的人，带着书信前来求见，请求关照，并答应以盐税作为酬谢。但是这人等了多日，也没有人给他通报。后来这个人假说有其他事求见，才得以进郡府见到史弼，乘机将侯览的亲笔请托信递给史弼。史弼看了信大怒，说："太守我不才，承担重任，应当选贤士报效国家；可是你是什么人，敢于前来诈骗！"马上命令左右的人将那人拉了出去，打了几百板子。下级官吏十多人都劝阻史弼，但他不听，还将那人关进监狱。

　　侯览得知消息后，对史弼恨之入骨，马上假传圣旨，说史弼有诽谤朝廷罪，派人将他用囚车押往京城。史弼上路时，吏人都不敢上前，只有一个孝廉送他很远一段路程，而且对路上的人说："史太守对抗奸臣，为的是选拔贤才报效国家；如果因此获罪，足以名垂青史，希望大家不要忧惧。"

史弼说："'谁谓荼苦，其甘如荠。（谁说荼菜苦？其甘甜赛过荠菜）'我即使被杀头，死去九回也不遗憾。"表示了他义无反顾的气概。

到了京城后，被关进狱中。平原郡的吏人都奔走到朝廷宫门外，替史弼喊冤。可是这些都没奏效，史弼终因受诬陷，按诽谤朝廷罪被判处杀头。有一个河东郡的孝廉叫魏劭，改换了服装，假称是史弼的家童，一直看护着史弼。听说史弼被判了死刑，就各处奔走，同几个同郡人卖掉了郡中的房舍，买通了侯览，才使史弼免除了死罪，减刑一等。

史弼服刑后，回到老家，称病不再出门。后来朝廷又起用他做彭城（郡名，治所在今江苏铜山区）相，可是这时他却病逝了。

◆ 史弼为官上不谀，下不欺，疾恶如仇。

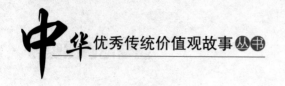

12. 强项令董宣

董宣，生卒年不详。字少平，陈留圉（今河南杞县南）人。东汉初任北海相、江夏太守、洛阳令等职。

东汉时代有个县令叫董宣，他执法严明，敢于跟皇亲贵戚、豪强地主作斗争，不怕丢官，不怕杀头，人们送给他一个外号叫"强项令"。

董宣，在北海（今山东省昌乐县）地方做官的时候，当地发生了一件杀人案：有个豪强地主叫公孙丹，修建了一所豪华的住宅。房子完工后，占卜的人说房子盖的是漂亮，可是触犯了凶神，住进去定会死人。公孙丹非常恐惧，便想了一个免除灾难的办法。他让儿子站在大门口等着，看到路过门口的人，随便抓几个，杀掉埋在住宅里，以此祭祀凶神，避免自己住进去再遭灾死去。公孙丹横行霸道，随便杀人，谁也不敢管，因为他是当地有名的豪强地主。可董宣认为自己是地方官，不能不管。他认真调查，摸清情况后，马上命人把公孙丹抓来，判处死刑，并且立即就地执行。这样一来，当地的那些豪强地主十分震惊，从此都不敢为非作歹、任意杀人了。

董宣自觉维护法令的尊严，在他担任洛阳县令时，办了一件十分出色的案子，那就是惩治湖阳公主的管家。

湖阳公主是光武帝刘秀的姐姐，也是一个有名的豪强地主，她有富丽堂皇的住宅，占有广大的田庄，拥有上千个奴婢。有一次，湖阳公主家里的管家依仗主子的权势，大白天行凶杀人。地方官吏明明知道凶手躲在湖阳公主家里，却不敢前去搜捕。董宣知道后，十分气愤，决心要惩治杀人凶手。

有一天，这个管家随车护卫湖阳公主出门。董宣得知这一消息便急急忙忙带了县衙门的人马，守候在湖阳公主要路过的夏门亭。当湖阳公主的车马前呼后拥地走到夏门亭时，董宣突然往路中一站，拦住马车，用刀往地上一划，声色俱厉地说："禀告公主，您的管家目无法纪，杀了人，应当判处死刑，请您把杀人犯交出来！"

湖阳公主见董宣拦住她的去路，要她交出管家，觉得丢了面子，很是生气。她沉着脸对董宣说："董宣！你是县令，说话要有证据，我的管家怎么会杀人？"

董宣说："我当然有真凭实据，您的管家杀人时，有许多人在现场，他们亲眼看见。您若是不相信，我马上可以把证人找来！"

公主一看事情不妙，急忙和缓地说："董宣！我的

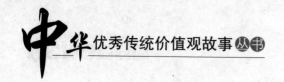

管家忠实可靠，我最信得过，如果他真的一时糊涂杀了
人，不看僧面看佛面，你看在我的面上，就饶恕他这一
次吧！"

董宣看到湖阳公主胆敢庇护杀人凶手，就严肃地对
公主说："公主！您家法不严，管家才敢为所欲为。他
既然触犯法律，就该以法惩治，您不该为他求情。难道
公主的管家就可以不遵守皇上的法律吗？"

湖阳公主被董宣责问得哑口无言。那个杀人的管家
一看事情不妙，连忙往人身后躲，可是董宣已经认出了
他，董宣命令手下人一把抓住他，把他拉到路中，当场
将他处死。

湖阳公主看到董宣竟敢当着众人的面斩了她的管
家，气愤极了。她赶忙跑回皇宫，找到当皇帝的弟弟刘
秀，哭哭啼啼地述说了自己的委屈，要求弟弟光武帝为
她做主。光武帝听后，也非常气愤，马上下令把董宣招
来，要用乱棍把他当堂打死。

在大堂上，董宣明知凶多吉少，但仍不慌不忙地对
光武帝说："皇上要打死我，我当然不敢违抗。不过，
请您允许我在临死之前把我的心里话讲出来！"光武帝
问："你还有什么想说的？"董宣心平气和地说："陛
下，您奋发有为，尽自己的全部精力治理国家，使国家
中兴、百姓安居乐业。如今您姐姐的管家杀了人，您姐
姐胆敢庇护杀人凶手，不准依法治罪，我无非是秉公执
法，却要招来杀身之祸。皇上，您自己制订法律，自己

带头破坏，您还靠什么来治理国家呢？我绝对不会卑躬屈膝、徇私枉法，您也不必动用棍棒，请让我自尽好啦！"话音刚落，董宣就把头猛地往宫殿的柱子上撞去，撞得血流满面。光武帝仔细一琢磨，觉得董宣的话在理，急忙命令左右的人把董宣拉住。但为了照顾姐姐的脸面，光武帝想让董宣向姐姐赔礼道歉。他对董宣说："你能依法办事，的确做得对，但是你冒犯了公主，使公主丢了面子，受了惊吓，你赶紧去给公主磕头赔罪，我就饶你不死。"

董宣听说让他给公主叩头道歉，心里不服，无论如何也不肯答应。光武帝令手下人把董宣拉到湖阳公主面前，拼命地把他的头往下按，让他磕头。董宣双手使劲撑地，挺直腰杆，梗着脖子，气昂昂地就是不肯低头。

湖阳公主看到董宣的强硬态度，气极了，她怒气冲冲地对光武帝说："你当年做平民百姓时，收留过亡命之徒，官吏也不敢上门搜查；如今你做了皇帝，是一国之主，难道对付不了一个小小的洛阳县令吗？"光武帝心里着实佩服董宣刚直不阿、执法如山的精神，便笑了笑，对姐姐说："皇上怎么好和百姓比呢？董宣是个强脖子县令，是为了维护皇家的法律才这样做的，我少不了他。您再找一个合适的人做管家吧！"于是，光武帝下令把董宣放了，还赏赐他一顿酒饭和三十万文钱。董宣把这笔钱全部送给了下属官吏。

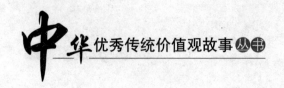
◆ 董宣凭着一身正气，不计个人安危打击不法之徒，严格执法，有力地约束了豪强贵族，使京城为之震动，深得百姓的赞誉。这两个故事十分形象地突出了董宣不畏权势、敢于执法的刚毅性格。

13. 不徇私情的清公毛玠

毛玠（？—216年），字孝先，陈留平丘（今河南封丘）人，三国时期魏国大臣、政治家。官至尚书仆射，去世后追赠为侍中。

东汉末年，战乱频仍，毛玠原打算去荆州避乱，半路上，听说荆州刘表政令不清明，于是改往鲁阳，投奔曹操。曹操让他做从官。他对曹操说："现在天下四分五裂，君主迁移，人民荒废农事，田园荒芜，百姓忍饥受寒，四处逃亡，国家无隔年之粮，百姓没有安定的心思，国家难以持久。现在袁绍、刘表，虽然人强马壮，力量强盛，但是都没有长远打算，没有制定根本方策的良士。用兵要合乎正义才能取胜，还要有雄厚的财力才能够巩固统治，因此应当拥戴天子以命令不臣服的人，搞好农耕，积蓄军资，这样一来，称王称霸的事业就可以成功了。"曹操采纳了他的意见，调任他为将军府中的功曹。

曹操任司空、丞相时，毛玠曾做东曹掾，与崔琰一起主管选拔人才。他所举用的都是清廉正直的人士，那

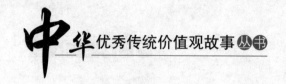

些尽管在当时名声很大，但是行为虚浮、不务根本的人，始终没被提拔任用。他力求用俭朴的作风引导人们，因此全国的士人都以清廉的节操来勉励自己，即使是地位高贵、受到宠信的大臣，车子、衣服也不敢超过规定。曹操感叹地说："用像毛蚧、崔琰这样的官吏，使天下人自己治理自己，我还有什么可做的呢？"

曹丕做五官中郎将时，曾亲自去见毛玠，托他任用自己所亲近的人。毛玠回答说："老臣因为能够尽职尽责，才侥幸免于获罪。现在您所说的人不符合升迁的条件，所以我不敢执行您的命令。"大军回邺以后，讨论省并官府。当时很多人由于曾向毛玠请托为官被他拒绝，很害怕他，又很忌恨他，因此就一起禀告曹操，要求撤销东曹。曹操知道其中实情，下令保留东曹，取消西曹。还特意把素屏风和素冯几送给毛玠，说："你有古人的作风，所以赐给你古人的用具。"毛玠官位很高，但是经常穿布衣吃素菜，所得的赏赐都用以救济贫困的族人，家里没有剩余的财物。

魏国建国之初，毛玠做尚书仆射之职，主管人事。当时太子还没有确定，而临淄侯曹植受到曹操宠爱。毛玠悄悄地劝告曹操，以袁绍的教训为例说服曹操。曹操十分赞赏他的正直品格。

崔琰被杀以后，毛玠心里很不高兴。后来有人诬告毛玠说："毛玠出门看见黥面的造反者，那人的妻子、儿子被籍没为官奴婢，他就说：'天不下雨，大概就因为这个。'"曹操大怒，不问青红皂白，把毛玠逮捕下狱，大理钟繇来审讯毛玠，要他坦白交代。毛玠分析前人贾谊、白起等人因诬陷被杀和自杀的原因：既有人公开地妒忌他们，也有人在背地里暗害他们。他说："我从少年起就做县吏，勤勤恳恳而做了官，我的职务是在国君身边执掌机要，而这种职务牵涉人事关系，最容易受到攻击排斥。若是以私情请托我，再有权势的人我也要加以拒绝；若是把冤屈告诉我，再细小的事情我也要加以申理。人们的欲望是无限地追求利益，而这是法律所禁止的；谁要按法律去禁止非法求利，有权势的人就会陷害他。进谗言的小人就像苍蝇一哄而起，对我横加毁谤，我没有说过那样的话，诬告我的人必须拿出证据，举出时间和人证。我请求公正的评断，要求诬陷者出面对质。假使是我的错，我一定心悦诚服，受刑之日，就像得到安车驷马的赏赐；要是赐剑让我自杀，也好比受到重赏的恩惠。谨申诉如上。"当时桓阶、和洽都进谏营救毛玠。但也没顶用，毛玠被罢免回家，后来死在家中。

◆ 毛玠在他最受曹操器重时，虽居显赫的官位，却常布衣蔬食，扶穷济困，好善乐施。他为人严肃，敢于直谏，不徇私情，即使是曹丕的请求也不妥协，受到大家的称赞。

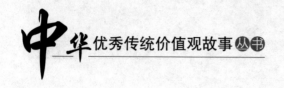

14. 忠謇亮直的张昭

张昭（156—236年），字子布，三国时彭城（今江苏徐州）人，三国时期吴国重臣。东汉末年，渡江南至扬州。孙策创业，命张昭为长史、抚军中郎将，文武之事，一以委昭。策临亡，以弟孙权托昭，昭率群僚立而辅之。

忠心耿耿

东汉末年，天下大乱，徐州的很多士民都避难到扬州，张昭也同他们一起渡江南下。当时孙策在江东创立基业，选用张昭为长史，兼任抚军中郎将。上任以后，孙策带他一起登堂拜见自己的母亲，对他好像对待老朋友一样，一切文武之事，都托付给他办理。张昭时常收到北方士大夫的书信、奏章，往往颂扬他，把东吴取得的成绩归功于他。张昭看了这样的信后，想沉默不语吧，怕人们说他有私心；把这些话讲出来吧，又怕不妥当，真是进退两难，内心十分不安。孙策知道后，十分高兴，笑着对他说："从前管仲做齐相时，人们开口仲父，闭口仲父，而齐桓公做了春秋第一个霸主。如今子布贤能，我能够重用你，你的功名成就难道不就是我的吗？"

孙策临终前，把弟弟孙权托付给张昭，张昭便率领同事拥戴孙权，辅佐他。并且立即上奏章给朝廷，发公文给吴地所属县邑，命令内外的将校武官各自安守自己的岗位，奉行自己的职责。当时孙权悲痛万分，没有立即上任，张昭对孙权说："作为一个后辈，可贵之处就在于能够继承祖辈的遗志，光大父兄的遗业，建立丰功伟绩。如今天下大乱，您哪能独自躲在房里悲哀，像一个平民那样放纵自己的感情呢？"张昭于是亲自扶孙权上马，列队而出，这样一来，大家觉得有了依靠，情绪便安定了。从此张昭又成为孙权的长史。后来，刘备向汉室上表，由孙权兼任车骑将军，张昭就做了他的军师。

孙权每次外出打猎，常常乘着马射击老虎，老虎时常突然奔来，攀住他的马鞍。一次，张昭吓得神色大变，上前对孙权说："您这样做妥当吗？作为一个君主，就是说能够驾驭英雄，统帅群贤，难道是所谓在野外追逐野兽，和猛兽比勇吗？假如有什么意外事情发生，禁得起天下人笑话吗？"孙权向张昭认错说："我年轻，欠考虑，深感惭愧。"可是仍旧克制不了自己。于是就叫人造了一辆射虎车，在车上造一间四周留有方格的木室，顶上无盖，用一人驾车，孙权在车中通过方格向外瞭望、射击。经常有一些离群的野兽，还是要扑向射

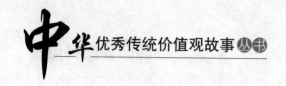

虎车，孙权时时伸出手去击打这些野兽取乐。张昭虽然竭力规劝，孙权只是笑而不答。

有一次，孙权在武昌，到钓鱼台游玩，饮酒大醉。孙权侍卫给各位大臣倒酒，说："今天大家痛饮，只有醉得跌倒在台上，才可以停止！"张昭听了这话后，立刻板起脸，一句话不说，到外面独自坐在车中。孙权派人去把张昭叫回来，对他说："我不过是为了让大家高兴高兴罢了，您为什么要生气呢？"

张昭回答说："从前商纣王通宵达旦地在酒池旁宴饮，当时这样做也以为很快乐，并不认为是做了坏事呀！"孙权听了沉默不语，脸上露出一副惭愧的神色，于是就停止了饮酒作乐。

无所畏惧

孙权称帝以后，张昭因为年老多病，他退职了。孙权改封他为辅吴将军，等级仅次于三公。他回家后无事，便从事著作。

孙权因为辽东太守公孙渊向东吴称藩，前来通好，便派遣张弥、许晏到辽东去授公孙渊为燕王。张昭规劝孙权说："公孙渊背叛了魏国，又惧怕魏国去讨伐他，所以远道来我国求援，归附吴国并不是他的本意啊！如果公孙渊突然变卦，要向魏表白自己，那么我们派去的两名使者就回不来了，这不是要被天下人笑话吗？"孙权和他反复争论，张昭仍然坚持自己的意见，坚决反对派出使者。孙权不能忍受，手摸着佩刀，恼恨地说："吴国的士大夫进入宫廷就向我致敬，走出宫廷便向您敬礼，我对您的敬重，也算达到了顶点。可是您竟然屡次在大庭广众面前反对我，折我面子，我恐怕自己要做出不能克制的事情来了！"张昭凝视着孙权说："我虽然也知道自己的意见不会被采纳，但是我总要尽我的一片忠心，实实在在是因为太后遗诏中嘱托的话，好像时时都在耳边回响呢！"边说边哭，哭得老泪纵横。孙权把佩刀扔在地上，和张昭相对而泣。可是最后孙权还是把张弥和许晏派遣到公孙渊那里。张昭感到自己的话不顶用，非常气愤，就假托身体有病，不再上朝。孙权对张昭也感到十分恼怒，派人用土把张昭家的门、窗户堵得严严的，张昭在里面也用土把门封闭起来。后来，公孙渊果然杀害了张弥和许晏。孙权知道自己错了，很是后悔，并几次派人去慰问张昭，并向他认错。张昭坚决不肯出来，孙权外出经过张昭的家门口，停下喊他，张昭推说有病。孙权点火烧他的家门，以此恐吓他，心想这回他总该出来了吧，谁知道张昭把门关得更紧。孙权无奈，只好叫人把火熄灭，然后站在张昭家门口硬是不肯离开，张昭十分感动，他的儿子们把他扶出来，孙权用车子把他带进宫里，深刻地批评、责备自己的过错，张昭只好又去上朝了。

张昭相貌端庄威严，孙权常说："我和张公讲话是不敢随心所欲、胆大妄为的。"朝廷上下众多大臣都十分

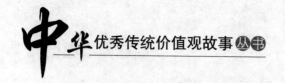

畏惧他。

　　嘉禾五年（236年），八十一岁的张昭病逝了。家人遵循张昭的遗言，用绢一幅束头，用不加修饰的棺木盛殓，用随身的衣着入棺。举国悲哀，孙权穿着白色的衣服亲临吊唁。人们无不称赞他的耿耿忠心和无所畏惧的高尚品格。

　　◆ 张昭忠心耿耿地辅佐孙策与孙权，时时以国家利益为重，屡屡犯颜谏诤，置性命于度外，可歌可泣。更主要的还是他忠君爱国的思想和刚正不阿的性格，这是非常难能可贵的。

15. 竭忠尽智的高允

高允（390—487年），字伯恭，渤海（今河北景县）人。开始为郡府功曹，北魏太武帝神四年（431年）被北魏徵召，拜为中书博士，后兼任著作郎，参与编写魏史《国书》。文成帝时任中书令兼著作郎、秘书监，不久又晋爵为梁城侯。献文帝时任中书监、散骑常侍（在皇帝左右规谏过失）。孝文帝时加官光禄大夫，金章紫绶，太和十一年以98岁高龄逝世。

北魏时，魏太武帝为了给其祖宗歌功颂德，便找了一些文人编写魏国的历史。他叫崔浩主编这部史书。崔浩想编写史书要依据历史事实，真实可靠，不论是谁，好就写好，坏就写坏，这和魏太武帝想的可是截然不同。

经过几年的工夫，他们辛辛苦苦地写成了《魏书》一百三十卷（不是现在二十四史的《魏书》）。崔浩从头至尾认真看了一遍，觉得十分满意。他和参加编写的几个人一商量，觉得应该把它拿出去给大家看看，就请石匠把《魏书》一字不差地刻在石碑上。刻好后，又叫人

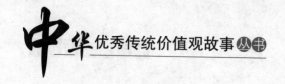

把石碑放在大路两边。这样一来，过往的人都看得一清二楚。

万万没有想到这下可闯了大祸。当时的王公、贵族们看见史书里把他们祖上做的那些丑事、坏事都写进去了，气得简直发了疯，陆陆续续地到太武帝那儿告状，请求治崔浩的死罪。太武帝仔细一了解，确有其事，也气得火冒三丈，立即下令捣毁石碑，逮捕崔浩等人，严加审讯。

太子拓跋晃得知后，十分担心。他不为别的，就是替高允捏一把汗。高允是他的老师，曾教他读书识字，也是和崔浩一起编写史书的人。太子想：高允要是因这件事被牵连，准活不成了。我岂能见死不救，那是自己的老师啊！想到此，他马上派人把高允喊来，对他说："皇上正为崔浩撰写史书的事生气呢，我生怕给你也治罪，所以叫你来。你今天就住在我这儿好了，没有人敢上我这儿来捉人。明天，我亲自带你去见父皇。父皇询问你什么，你就按我说的回答，就可保住命了。"

第二天，太子带高允去拜见太武帝。他先进去对父皇说："高允这个人向来胆小怕事，做事谨小慎微，不敢胡来。他的地位又低，不能和崔浩相比。虽然他参加了写史工作，可是实际上也没写多少。您就看在我的分上饶了他吧！"太武帝叫人把高允喊进来，问他："史书全是崔浩写的吗？"太子一听，马上给高允使一个眼色，又点点头。不料高允却实实在在地说："书里的《先帝记》和《今记》都是我同崔浩一起写的。不过他太忙，别的事情很多，只是最后才总的看看改改罢了，所以实际上我比崔浩写得多。"太武帝瞪大眼睛对太子说："听见了没有？他自己都直言不讳地承认比崔浩写得多，罪比崔浩大。我怎么好饶恕他！"

太子吓得哆哆嗦嗦地说："父皇这么威严，高允从没见过这么大的场面，所以吓昏了头，连话也说不准了。我刚才还问过他，他说那都是崔浩写的。"

太武帝转过脸又问高允："太子说的是吗？"

高允坦直地大声说："臣下不敢说假话。太子因为臣教过他念书，想救臣不死，才这么说。其实他刚才并没有问过臣。"

太子听了连连跺脚，又气又急。太武帝莫名其妙，怎么这个人往自己身上加罪呢？真是奇怪。他感叹地对太子说："这个人真正直，到死也不肯改口。一般人难以做到的事，他居然能做到，真是难得。这样，我就宽恕了他。不过，给崔浩定罪处死的那份诏书，让他来写，以此赎罪才行！"

高允回去后，怎么也不肯写这份诏书。太武帝反复催促，把高允逼急了，他对派来的人说："请允许我再见皇上一面，然后再写。"太武帝答应了，高允便进了皇宫。

高允坦率地对太武帝说："崔浩有没有别的罪，我不清楚。只就编写史书这一项，我认为不该判死

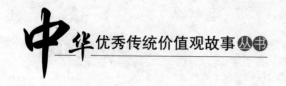

罪。"太武帝这次勃然大怒，二话没说，就令武士们把高允绑起来。幸巧太子守在旁边反复劝说、央告，太武帝才消了气，把高允又放了，并说："要不是有这个人，我非杀他几千人不可！"就这样，太武帝仍是下令把崔浩的全家连同几家亲戚的全家灭了门。对其余的人，他还算是宽大，只杀害了本人，没牵扯家人和亲属。

太子又惊又喜，把高允带到自己的住处，责备他说："你这个人也太死心眼了！我让你按我说的回答，你偏偏不肯！偏要去找死，惹得我父皇生了气，真让我非常害怕呀！"

高允一字一板地说："历代的史书，都要把帝王的言行原原本本地记下来，好给子孙后代留个借鉴，让后代帝王做事谨慎些，免得他遭后人的批评和指责。所以要写就得实事求是地写，不能有一丝一毫的虚伪和隐瞒。这就是做史官的责任。崔浩组织人编写的史书，虽说有的地方写得不十分恰当，但总的来说，是尊重历史事实，写得没错儿！我和他们一起修史，要死就该同死。您救我不死，这不符合我的心愿啊！"

太子听了这番话感动不已，也没再说什么。从此，高允正直无私，不说假话，就遐迩闻名了。

452年，北魏太武帝去世了。他的孙子拓跋濬即位，是魏文成帝。文成帝很敬重高允。高允仍直来直去，遇上什么认为不对的事，就直言不讳地提出批评。文成帝总是洗耳恭听。有时，还把高允留在宫里，单独和他交谈，一谈就是一整天。

有一次，文成帝对诸位大臣说："高允这样的人才可以说是忠臣。每当我有错时，他就直截了当地指出；有些话说得很尖锐，我听了简直受不了，他也不回避。可是你们有些人辅佐我这些年，从未说过一句直话，只是阿谀奉承，讨我的欢心，为了自己好升官。跟人家高允相比，你们不觉得羞愧脸红吗？"司徒陆丽说："陛下如此尊重高允，可不了解他家里的境况。他做了这么多年官，家里人连一件绸子衣服都没有，全家老小穿的都是粗布衣服，日子过得挺艰难。"文成帝十分吃惊，他不解地问："这是真的吗？你们怎么不早说，快陪我去看看。"说完，文成帝就亲自来到了高允家里。

原来高允真的住着草房，被子也是麻布做的。家里人穿的是旧丝棉袍子，厨房里仅有一点盐和菜。文成帝看完后，感叹地说："古人说清贫、清贫，我还从没见过像高允如此清贫的。"

高允一直做官，前后共经历北魏五个皇帝始终受到器重，活到了九十八岁。高允为官多年，过着清贫的日子，而且正直敢言，受到时人的敬重与称赞，真是难能可贵。

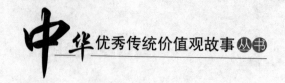

◆ 高允以一种超凡脱俗的豁达人生态度忠君爱民，一生坚持正义，不诿过，不避祸，犯颜直谏，竭忠尽智，不谋私利，毫无怨言，实在是值得后人学习。

16. 执法不畏死的赵绰

　　赵绰，隋河东郡（今山西省永济市）人。生卒年不详，《隋书·赵绰传》只言其："仁寿中卒官，时年六十三岁。"北周初年担任天官府史，因为为官谦逊谨慎恭顺辛劳，被提升为夏官府下士。渐渐地因为明智和有才干被上级了解，担任了内府中士。隋文帝当时任丞相，了解到他清廉正直，荐举他担任了录事参军。

　　隋朝时，有一位刚直无私、执法一心的清官——赵绰。

　　赵绰在任朝廷管刑法的副官期间，他手下有位叫来旷的人，嫉贤妒能，对赵绰一直耿耿于怀，于是他上书给皇上，诬告赵绰不遵循法律原则，擅自赦免一个囚犯的刑罚。

　　皇帝看到奏书非常气愤，立即下令派遣一位官员亲自调查核实，结果赵绰根本没有徇私枉法。皇帝得知实情后大怒，下令杀掉来旷。赵绰听到这一消息，立刻奏书皇上为来旷争辩，认为不应该判他死罪，并推说还有其他的事没来得及向皇帝汇报，请求召见。

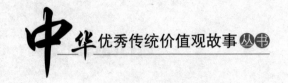

皇上立即召赵绰进宫。皇帝对赵绰说："爱卿，有何事来禀告朕呀？"

赵绰连忙跪在地上连拜两拜说："我做臣子的有三条死罪：一是我做刑法副官没能管好下属，致使来旷犯法；二是不该处死来旷，我不能拼命地据法力争；三是特为此事谎称有事以请求您允许进宫当面进谏。"

皇上听了赵绰的一席话，连忙请赵绰起身入座。此时，恰巧独孤皇后在座，皇上把两杯酒，连同金杯一起赏给了他。来旷终于免去了杀身之祸，流放到广州。

当时，在社会上禁止流通质量不合格的钱币。有一天，在集市上巡察士兵发现两个人用不合格的钱币进行交易，他们立即逮捕了这两个人，并报告皇上，皇上下令全部杀掉。赵绰上前劝阻说："这两个人所犯的罪应该杖打，杀他们是非法的。"皇上说："这事与你无关。"赵绰诚挚地说："陛下把我安置在刑法部门，你却命令乱杀人，怎么能与我无关呢？"

皇上说："当你摇晃大树，树要是不动，你就应该赶快离开。"赵绰回答说："我指望感动天心，怎么说是摇晃大树呢？"

皇上不悦，又说："喝菜汤，汤热就放下，怎么，你打算挫伤天子的威严吗？"

赵绰叩头后，便走上前去分辩，皇帝大怒令他立即退下去，他说什么也不肯。于是皇上抽身回宫去了。

后来，朝中大臣柳彧又上奏疏再一次地进行劝谏，皇上这才收回了成命。但这结果与赵绰的据法力争是分不开的。

◆ 在封建社会皇权是至高无上的，可赵绰在皇上不依法守法时敢于挺身而出，为维护法律的尊严坚决不退让。赵绰是一个非常杰出的法官，还在于赵绰从不利用法官的特权以泄私愤，不计个人得失。赵绰公正执法，刚正不阿的精神值得我们学习。

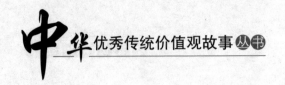

17. 敢于犯颜直谏的魏徵

　　魏徵（580—643年），字玄成。汉族，巨鹿（今河北邢台市巨鹿县人，又说河北晋州市或河北馆陶县）人，唐朝政治家。曾任谏议大夫、左光禄大夫，封郑国公，以直谏敢言著称，是中国史上最负盛名的谏臣，享有崇高的声誉。著有《隋书》绪论，《梁书》《陈书》《齐书》的总论等。其言论多见《贞观政要》。魏徵是我国初唐伟大的政治家、思想家和杰出的历史学家。

　　唐朝大臣魏徵，身材并不魁伟，相貌也不出奇，但他胸有大志，一生为官有胆有识，坦诚直率，为了国家的利益，能够不怕冒犯皇帝，屡次向太宗进谏，先后提出建议二百多条，是我国古代一位难得的良臣。

广开言路

　　有一天，太宗问魏徵："做君主的怎样才能明智，犯什么毛病就会昏暗？"魏徵回答说："君主所以明智，由于能够倾听各方面的意见；所以昏暗，由于只相信一方面的话。从前尧、舜广开言路，明察秋毫，当时虽然有共、鲧这批坏人，也不曾受他们蒙蔽；虽然有些人善于花言巧语，也不曾被他们迷惑。秦二世不理朝政，深居宫中，专门宠信赵高，结果秦朝统治岌岌可危，天下百姓纷纷造反，他全然不知。隋炀帝偏信虞世基，而各路起义军攻城略地，他全然不晓。所以说君主能够倾听多方意见，就不会被奸邪之臣所蒙蔽，下情也就能够上达了。"

当时君臣向太宗上书提意见的很多，有些意见并不中肯，太宗感到厌烦，想加以责罚。魏徵劝太宗说："陛下您要知道政治的得失，就应当让人畅所欲言。说对了，对朝廷有益；说错了，对政治无损。"太宗听了十分高兴，对上书提意见的人都给以安慰和勉励。

有一天，太宗心情特别高兴，问魏徵说："您看国家近来政治怎样？"魏徵觉得和平太久，太宗思想有些儿松懈和麻痹，大臣们的意见也有些听不进去了，就回答说："贞观初年，您刚执政时，能够主动地引导人们提意见；过了三年，遇到有人提建议，还能愉快地接受；这一二年来，只能勉强接受，心里总是觉得不舒服。"

太宗非常吃惊地说："您有根据吗？"

魏徵举出事例，一一加以说明。太宗终于明白了，说道："如果不是您坦荡无私，不能说这样的话。一个人不知道自己是最苦恼的啊！"

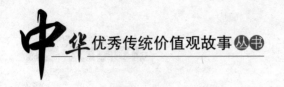

赏罚分明

魏徵时常劝谏太宗执法要赏罚分明，不徇私情，要依法办事，不可随意更改法律，只有这样才能维护法律的尊严。他说："奖赏的时候，不要忘了疏远的人；处罚的时候，要不怕亲戚和权贵。要以公平为根据，仁义为准绳，才能让人心悦诚服。"

有一次唐太宗的老部下，濮阳刺史庞相寿犯了贪污罪，受到了退赔赃款、解除职务的处分。唐太宗知道后，派人告诉他："你是我的老部下，贪污大概是因为穷的原因，我送给你一百匹绢，继续做你的刺史，以后不要再贪污就是啦。"

魏徵得知这一情况后，立即上书反对说："因为庞相寿是陛下的老部下，就不追究他的贪赃枉法，而且还要加以厚赏，继续留任原官。但是他自己并不知道贪污是错误的，陛下过去为秦王时部下很多，如果他们都贪赃枉法，那怎么得了？而且会使廉洁的官员无所适从，影响不好。"于是太宗不得不改变了对庞相寿的处理。

太宗即位四年后，国家经济迅速发展，天下太平，路不拾遗，夜不闭门，邻国都来进贡朝拜，到处一派兴旺景象。太宗对臣子们说："这都是魏徵劝我行仁义所收到的效果啊！"

清廉爱民

魏徵对国家有至诚之心，他极力劝谏君王要清廉爱民。

有一年太宗到洛阳，路上住在昭仁宫，往往因为供应不周，发脾气责罚人。魏徵对太宗说："隋炀帝正因为责罚臣民不献食物，或者嫌臣民供应的东西不精美，无限地追求物质享受，所以灭亡了。现在由陛下来执掌朝政，本应该兢兢业业，谨慎节约，怎么能让人因为不够奢侈而感到后悔呢！如果知足，那么即使比今天奢侈一千倍，难道就能满足了吗？"

太宗听了这一席话，不觉大吃一惊，说道："若不是您，我听不到这样的话！"从此，太宗比较注意节制奢侈浪费。

魏徵经常提醒太宗要重视人民的力量，他说："君主是小船，人民是海水，水能够使船航行，也能使船颠覆。"

有一段时间，太宗曾经建筑飞山宫，魏徵立即提出反对意见，首先他列举隋炀帝大兴土木、劳民伤财、自取灭亡的教训。然后他提出隋朝留下的宫殿台榭已经足够住了，而且应该安心居住在比较简陋的宫殿里，这是最高的仁义道德。所以不应滥用人力物力，再扩建宫殿，不急要的营造事务都要停下来，不要过奢侈华靡的生活而让百姓去服劳役。太宗听取了魏徵的意见，下令

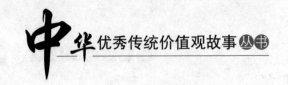

嘉奖，并立即拆毁明德宫和飞山宫的玄圃院，把建筑材料分发给遭受水灾的老百姓让他们重建家园。

贞观十三年（639年），那年天旱无雨，火山爆发。由于经济发展了，国家形势好了，太宗便开始变得傲慢奢纵起来。魏徵看到这一苗头，立即上了著名的《十渐疏》。在这篇奏疏里，魏徵不仅详细阐述了太宗有始无终的十个苗头，而且还逐个论述了它的危害和后果。最后他诚恳地说："祸福没有一定，全是自己招来的。现在旱灾遍及各个郡国，坏人在京城里蠢蠢欲动，陛下应该提高警惕，努力把国家治理好。像您这样圣明的君主，可以有所作为而不好好地干，我为此而忧虑苦闷，叹息不止！"

奏疏递上去以后，太宗对魏徵说："我现在知道我的错误了，我愿意改正过错，使正确的道理能够贯彻始终。如果违背这个话，还有什么脸面和您相见呢！我要把您的奏疏列在屏风上，以便早晚都能看到，还要把它抄送给史官，使后世知道君臣相处的道理。"因此，赐给魏徵黄金十斤，马两匹。

后来皇太子承乾和弟弟魏王泰不和，太宗说："目前忠心正直而有威望的，没有谁能超过魏徵了……"于是任命魏徵做太子的老师。

魏徵有胆量，有谋略，常常不顾情面极力劝谏。有时遇到皇上特别生气，魏徵也依然神色不变。皇上也就不得不平静下来了。有一次唐太宗决定，征收十六岁以上的健壮男子入伍。当时皇帝的命令要各位大臣签字后才能生效。魏徵几次都拒绝签字。唐太宗气得脸红脖子粗，他当面质问魏徵说："你为什么不签字？"

魏徵回答说："竭泽而渔，并不是得不到鱼，而是明年就捕不到鱼了；烧毁森林捕获野兽，并不是捉不到野兽，而是明年就没有野兽可捉了。兵不在多，而在于精，何必为了充数，把不够年龄的人也拉来当兵呢？原来明明规定十八岁服兵役，现在又改为十六岁，这就失信于天下了。"

太宗反问："我有什么失信于天下的事？"

魏徵毫无退缩，举了一连串太宗出尔反尔失信于民的事。太宗听后感叹地对魏徵说："我原来认为你太顽固，不通情理。现在听了你的话，觉得很有道理。政令前后不一致，百姓无所遵循，国家是治理不好的。"

魏徵意见提得尖锐激烈，往往不顾皇帝的尊严。当面指责皇帝的过失，弄得皇上下不了台。皇帝有时能愉快地接受，有时气得简直要杀掉魏徵才解恨。但是清醒下来之后，深感魏徵的忠诚和可贵。

有一天太宗宴请群臣，在宴会上，太宗十分激动地说："贞观以前，帮助我打天下，经历艰难，草创事业，这是房玄龄的功劳。贞观以后，向我提出忠正的意见，纠正我的错误，为国家的长远利益打算的，只有魏徵。即使是古代的名臣，也不见得比他们更好啊！"于是亲自解下佩刀，赐给这两个人。

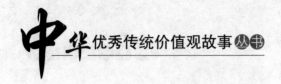

◆ 魏徵进谏，寓贬于褒，有理有节，善于因势利导，常常运用表扬的方式达到帮助皇帝改正缺点、错误的目的。特别是他直言敢谏的可贵品格和辅国治世的深刻见解，为后人提供了宝贵镜鉴。

18. 不畏君威依法断案的戴胄

戴胄（？—633年），字玄胤，相州安阳（今河南安阳）人。封道国公，谥号忠，唐朝初年大臣，唐太宗时期的宰相。为人诚实有才干，年轻时钻研律法，是个出色的文簿。

戴胄为人刚直。曾任大理少卿（法官），执法不阿。

大臣长孙无忌一次被唐太宗急召入宫，进阁门时忘记解下佩剑，监门官也没有及时发觉；等监门官发觉时，长孙无忌已经接近大殿。按当时法律，长孙无忌和监门官都应处死。但是长孙无忌是皇后之兄，因此尚书右仆射（相当于宰相）论罪时，认为监门官失职，当处死，而长孙无忌误带刀入宫，只当判营役两年，可以用二十斤铜抵罪。唐太宗批准了这一判决。

这时大理少卿戴胄出来说："监门官没有及时察觉，与长孙带刀入宫，同样都是失误。准律中规定：'向皇帝侍奉汤药、饮食、舟船，失误而不合规矩的，一律死刑。'陛下如果记录功绩，那不是司法部门可以干预的；如果按法律论罪，那么对长孙无忌只用二十斤铜抵

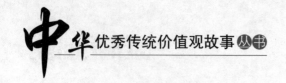

罪，不能说是合理的。"

唐太宗说："法律不是朕一人的法律，乃是天下人的法律，怎么能因为长孙无忌是皇亲就扰乱法律呢？"下令另行论罪。

封德彝仍然坚持自己的意见，唐太宗便又想就此结案，可是戴胄继续争辩说："监门官是由长孙无忌连带致罪的，按法律应当轻判；如果按失误的性质，那是一样的。然而判决却是一生一死，如此悬殊，怎么能服人？请再商议。"唐太宗不得已，免去了监门官的死刑。

唐初广泛选拔人才，充实各级部门。于是有人就伪造资历，混入官府做了官。唐太宗知道这种情况后，便下令入选的人如果有此类情况，马上自首，否则论死罪。有一个人没有自首，后来被审查出来，戴胄按法律规定，将此人判了流放罪，奏上朝廷。唐太宗很不高兴，对戴胄说："朕当初已下令，不自首的论死罪，可是今天判了流放罪，这不是向天下人表示我说话不算数吗？"

戴胄说："陛下如果当初一发现就杀了他，为臣就不能说什么了；既然交给司法部门处理，为臣就不敢违背法律行事了。"

唐太宗说："卿只管自己守法，就让朕失信吗？"

戴胄说："法律是国家颁布而让天下人信守的，而一言一语只是随一时喜怒而发的。陛下发一时之愤要论人死罪，又觉得这样不合适，后来将这案子交给了司法部门，这是忍小忿而存大信的英明做法。臣私下认为，陛下对此案还应该慎重考虑。"唐太宗听他这么一说，只好说："朕在法律问题上有失误，卿能加以纠正，还有什么考虑的呢?"终于向戴胄让步了。

戴胄执法不阿，不愧为社稷之臣。

◆ 戴胄的故事，让人感受到法律的力量。法律至高无上，不能以言代法，以权代法。依法治国，就要维护法律的崇高威望，维护法律的绝对权威，保证法律的普遍实施。

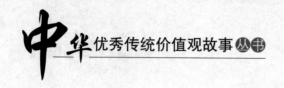
19. 正直无私为国为民的狄仁杰

狄仁杰（630—700年）字怀英，生肖虎，汉族，唐代并州太原（今山西省太原南郊区）人；唐（武周）时杰出的政治家，武则天当政时期宰相。

狄仁杰一生为官正直无私，为国为民立下汗马功劳，深受武则天的器重。狄仁杰担任汴州佐史时，被州吏诬告，工部尚书阎立本弄清了情况，知道仁杰是个好官，对仁杰道歉说："孔子讲过：'看君子的所谓过失就能知道他的好品德。'你真好比是未被人们发现的海湾明珠，未经人搜罗的东海珍宝啊！"于是推荐他充任并州都督府的法曹参军事。

秉公断案

狄仁杰做大理丞，大理丞是审判官。他清理大量疑难积案，一年中判处有罪或无罪释放的多至一万七千人，被告的家属都表示服从判决，没有喊冤叫屈再要求申诉的。

有一次，有个武卫大将军权善才，误砍了太宗昭陵上的柏树。仁杰处理此案，他判处该免职；可是高宗认为太轻了，下令把他立即处死。仁杰又上奏书说此人罪不当死。高宗变了脸色，生气地说："此人砍昭陵上的树，这使我成为不孝之子，必须杀掉。"左右侍臣都示意仁杰赶快走开，仁杰却不肯走，据理力争，说："……陛下制定法律，公之于众，无论徒刑、流放刑、死刑都得按照罪行的大小轻重来判处，哪有未犯死罪，就叫判处死刑？如果刑法无常，百姓就无所措手足了。现在陛下为了昭陵上的一株柏树就可杀掉一位将军，那若干年后人们将把陛下看成是什么样的君主？所以臣不敢遵从您的命令杀掉权善才，杀了他会使陛下成为无道之君啊！"高宗的怒气渐渐地消了，权善才因此免去了杀身之祸。

不惧强权

当时，高宗认为给太子李弘兴建的恭陵墓穴狭小，安放不下殉葬品，叫主管这项工作的韦机再去稍微扩大一下，韦机却在墓道两旁扩充了四所偏房。另外，韦机在洛阳修造宿羽、高山、上阳等离宫，也都修得宏伟富丽。仁杰指责韦机做得太过分了，不该引导皇帝去追求奢侈生活，韦机终于被免职。

左司郎中王本立依仗高宗宠爱，便为所欲为，官府里的人都十分惧怕，谁也不敢说什么。只有仁杰毫不畏惧，上奏疏揭发王本立的罪行，要求交给法司审判。高

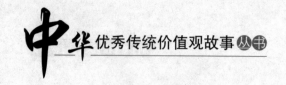

宗下诏书要破例赦免他，仁杰顶住圣旨说："国家即使缺乏英才，难道还少了王本立之类？陛下为什么为了怜惜罪人而破坏国法呢？如果一定要赦免王本立，那么请先免去臣的职务，把臣流放到边远无人之地，作为日后忠心报国之人的借鉴。"王本立终于被判了罪，朝廷的风气大为好转。

先前，越王李贞变乱，是宰相张光辅带兵平定的。张光辅手下将士居功自傲，多次无理向州县勒索，仁杰不理不睬。张光辅十分恼怒，说："你这个州竟胆敢蔑视我元帅吗？"

仁杰说："以前在河南作乱的，就只有一个李贞，现在死了一个李贞，却惹来了上万个李贞。"

张光辅质问他这话是什么意思，仁杰义正词严地说："你统帅三十万大兵，扫平一个乱臣，却不收敛兵锋，而放纵将士横暴，弄得无罪的人肝脑涂地，这不是上万个李贞又是什么？况且你还放纵邀功的人乱杀归降的人，只怕冤声鼎沸，连上天都听到了。我如果有尚方宝剑来杀你的头，即使死去也心甘情愿。"

张光辅无言以对，怀恨在心，回到京城后，他便对武则天说狄仁杰对朝廷不恭顺。仁杰被降职，调到复州（今湖北沔阳西南）做刺史。

不屈不挠

不久，狄仁杰被酷吏来俊臣诬告谋反，逮捕入狱。

来俊臣手下的判官王德寿想升官发财，借机迫使仁杰把杨执柔牵进案子里来。仁杰叫道："上有天，下有地，你竟叫我狄仁杰干这种伤天害理的事情！"说着，用头猛撞柱子，撞得满脸是血，王德寿害怕了，连忙向仁杰认错。为了置仁杰于死地，他们继续耍阴谋，假造了一个"谢死表"。谢死是死囚认罪的一种表现。他们把这个伪造的表交给了皇上。仁杰机智地粉碎了他们的阴谋，使真相大白。他虽然免于一死，但仍被降职，派到彭泽做县令。

为民请命

高宗将巡幸并州汾阳宫，派仁杰充任知顿使。并州长史李冲玄考虑到御驾要经过妒女祠，而民间传说穿得漂亮一些会惹恼妒女神，因而招致风雷之灾，就调发几万老百姓来另开一条御道。仁杰说："天子出行，千乘万骑，风伯清扫尘埃，雨师湿润道路，哪有什么妒女来捣乱？"立即命令停止开路。高宗知道后，赞叹道："这真是大丈夫啊！"

仁杰转任文昌右丞，又外任豫州刺史。当时越王李贞在汝南起兵失败，连带被处死刑的有六七百人，家属被籍没为奴婢的有五千人。大理寺逼促仁杰行刑，仁杰哀怜这些无辜受牵连的人，就设法拖延。同时秘密上奏书说："臣如果公开上奏书，好像是在替叛逆说话；臣如果知而不言，又怕违背陛下用刑审慎、不轻易诛杀的

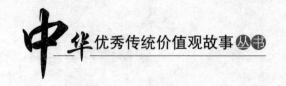

旨意。其实这些人谋反确实都并非出于本心，而只是被牵累，还得乞求陛下怜悯。"武则天接受了他的请求，减免了刑罚，把判处死刑的那些人统统流放到丰州（今内蒙古河套西北部）。这批人去丰州途中经过宁州，宁州的父老们接待了他们，并说："是我们的狄使君救活你们的呀！"大家一起为仁杰求福，祝他长寿，又集资立碑歌颂狄仁杰的功德。

后来契丹来犯，攻陷冀州，河北震动，起用仁杰为魏州（今河北大名一带）刺史。前任刺史生怕契丹来犯，把周围的百姓都赶到城里，给他修缮守城器械。仁杰一到，立即把他们放回农村种地，说："契丹远着呢，何必这么紧张，万一真来了，有我抵挡着，一定不连累百姓。"契丹知道了自动退走，百姓们歌颂这位新刺史，集资立碑来记他的功德。

武则天准备大造佛像，工程相当大，要花费几百万，下令全国僧尼每天每人出一文钱作为资助。仁杰认为不可，立即上疏劝道："……近年来战争不断，水旱失时，征役繁重，百姓家业已空，国家创伤尚未平复，还要搞大工程，实在没有能力承担。何况当今圣朝功德无量，何必还要营造大佛像，背上个劳民伤财的坏名声呢？即使说征收僧尼钱，也抵不上总用款的百分之一。佛像又高又大，又不能露天供奉，即使盖上一百层的大殿，怕也容纳不下。此外走廊偏殿也都不能缺少。有人还胡说不损国财，不伤百姓，对国君如此欺瞒，能说这是在尽忠？臣再三考虑，并征求了大家的意见，都认为如来佛祖创设佛教，主旨原是慈悲，救济众生，给予利益，应该是佛的本心，怎么愿意劳役大众，来图个外表的壮观……"武则天认为仁杰言之有理，便停建了这项大工程。

狄仁杰为官清正对国家大事知无不言，言无不尽，武则天非常信任他，把宰相大权交给他。700年，狄仁杰因病逝世，终年七十一岁，武则天流着眼泪说："朝室空了！"并为他举行了哀悼仪式，停止上朝三天，表示深沉的悼念。

◆ 狄仁杰作为封建时代的政治家，他刚正不阿，敢于抗颜直陈己见，不向邪恶势力曲从，政绩颇为卓著，受到世人的拥戴，他的历史功绩昭彰后世。

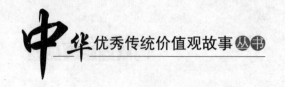
20. 几经沉浮威武不屈的魏元忠

魏元忠（？—707年），本名真宰，宋州宋城（今河南商丘县南）人，唐朝政治家。

魏元忠小时候跟人学习兵法。后来，当吐蕃多次侵犯边疆的时候，他上奏书出谋献计，阐述选将用兵的要领，高宗阅后，连声称好，并让他做监察工作。

有一天，高宗皇帝不慌不忙地问元忠说："百姓认为我是一个什么样的君主啊？"元忠回答说："是像周成王、康王、汉文帝、景帝一样的国君。"高宗又问："然而我有什么遗憾的事情吗？"元忠说："有啊！王义方是豪杰之士，可是他却死在草野。人们议论说陛下不能任用贤能的人。"

元忠又说："刘藏器也非常有才干，可是直到七十岁仍为小官，你不是抛弃他了吗？"高宗默然无语，感到十分惭愧。

不久，徐敬业在扬州作乱，大将军李孝逸带领大军去征讨，皇上下诏书委托元忠做参谋官。李孝逸带兵走在半路上便遭到了徐敬业先头部队的袭击，孝逸十分惧怕，不敢前进。元忠劝孝逸说："现在朝廷把平息叛乱的任务交给您，国家的安危在此一举。况且国家平安无事已经很久，突然听说叛军疯狂地作乱，无不义愤填膺，侧耳倾听诛杀叛贼的消息。如果你按兵不动，便辜负了大家的期望。再说，万一朝廷另派将领代替你，你又怎么推卸罪责呢？"孝逸认为元忠的话很对，立即命令兵士征讨叛贼。元忠又献奇策，很快平定了叛乱。

元忠调任洛阳令时，被周兴诬陷，判为死罪，将要就刑，武则天因为他平息徐敬业叛乱有功，免死，流放贵州。

一年以后，元忠又被来俊臣陷害，即将就刑。被杀害的家属有三十多人，尸首纵横交错倒在元忠面前，他脸不变色，心不跳。不一会儿，有人高喊元忠免死，声音传遍刑场，人们欢叫着，可是元忠仍然一动不动，他说："不知虚实。"使者来到，宣布诏令，得以释放，仍然神色不变。后被流放费州。

又过了一年，又遭侯恩诬告入狱，出狱后又被流放贵州。待到酷吏被杀时，很多人上书为元忠辩冤。于是朝廷把他召回来，恢复了原职，并设宴招待他。他先后三次被流放，可是他并没有犯罪，这是多么奇怪！连武则天也百思不得其解。宴会上，她问元忠说："你多次遭受不白之冤，这是为什么呀？"

元忠回答说："我犹如一只鹿，罗织罪名陷害我的官吏犹如猎人，苟且需要臣的肉做美味的肉汤，这些人

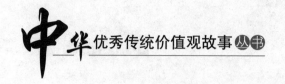

为了升官而扫清障碍，想方设法谋害臣，臣的罪过在哪里呢？"

后来元忠兼任检校洛阳长史时，治理国家，号令严明。张易之家奴横行无忌，残害百姓，元忠派人以法惩处，杀掉了他，权豪十分惧怕，有所收敛。当时张易之、张昌宗受皇上宠爱，操纵朝廷大权，独断专行。元忠上书说："臣受陛下厚恩，不能够尽忠守节，使小人得宠，在您的身边蝇营狗苟，这是我的过错呀！"武则天看到了很不高兴。

二张由此也怀恨在心，于是编造谣言，说元忠与别人密谋说："皇上年纪老了，我们应当扶植太子让他号令天下。"武则天信以为真，下令逮捕元忠入狱，招来太子、相王以及各位宰相，摆下阵势审讯元忠。元忠十分气愤，奋力辩白。二张继续诬陷，又唆使手下的张说作证。开始张说在二张的威逼利诱下答应做伪证。等到武则天审问他，要他拿出证据时，他不敢当面撒谎，欺骗皇上，而且也不忍心让元忠再次蒙受不白之冤，因此说了实情。这时武则天醒悟了，知道是元忠又被诬陷了，于是改变了判决。然而由于二张的缘故，仍被降职，调到端州做一个小官。

中宗即位，召回元忠，委以重任，参与朝政。当时的重臣武三思专权用事，元忠心里十分气愤，想要处死他。不久，他出谋献计，支持太子起兵杀掉了武三思。武三思被杀以后，他的同党宗楚客等人上书诬告元忠，请求杀掉他的族人，中宗没有答应。元忠上书申辩。宗楚客等人仍然不停地上书捏造罪名。不久，元忠被调出京城，派往思州当一个小官。但他们仍不死心，反复地请求皇上处死元忠，连同他的亲属。中宗说："元忠一心一意辅佐朝廷，我没发现他有什么过失，你们一再造谣诬蔑、陷害元忠是什么道理呢？"宗楚客等人碰了钉子，不得不就此罢休。

后来，元忠在去思州的路上不幸死去。

◆ 从以上故事我们可以看出，魏元忠的一生极其复杂，曾流贬再三。魏元忠敢于直言进谏，又与奸佞权豪作坚决的斗争。他淡泊名利、宠辱不惊、不事权贵、刚正不阿的性格值得后人学习和敬仰。他是中国历史上不可多得的宰相。

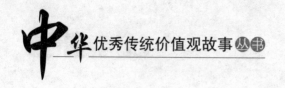

21. 以道义服人的宰相宋璟

宋璟（663—737年），字广平，河北邢台市南和县阎里乡宋台人。其先后历经高宗、武周、中宗、睿宗、玄宗五帝，为官清正廉明，忠于职守，曾两度任宰相，革除利弊，选贤任能，省刑修德，减免赋税，劝课农桑，为中兴大唐和实现"开元盛世"建立了丰功伟绩，是中国古代颇有影响的政治家。他博学多才，文辞出众，文化造诣颇深，为后世传下著名佳作《梅花赋》《长松篇》等。

宋璟从政五十多年，功绩卓著，他刚正无私，犯颜敢谏，深得同僚和百姓的尊敬。

当时，势利小人张易之、张昌宗兄弟俩，狼狈为奸，横行霸道，陷害忠良，但却深得女皇武则天的宠爱，侍奉在她的周围，后来竟把朝政大事交给他俩去办。

御史大夫魏元忠实在看不下眼，向武则天反映了张氏兄弟的不正当行为，请求皇帝不要宠信他们。张易之做贼心虚，来了一个恶人先告状。他诬告魏御史，说他背地里对司马丞高戡说过这样的话："则天皇帝老了，我们应当赶快投靠太子，将来太子即位，我们就能长久做官。"武则天追问："谁能证明？"张易之连忙胡诌说："凤阁舍人张说可以证明。"

宋璟听说后，气得火冒三丈。他知道张说胆小怕事，一旦武则天和张易之等人加以威逼，张说含糊其词地做了证明，那就糟了，魏大人的命就会被断送。宋璟马上去找张说，诚恳地对他说："一个人的名节最为重要，绝对不能为了个人苟且偷生，而无故把别人推进火坑。"

张说低头不语，只是唉声叹气，宋璟又鼓励他说："假如你为了主持正义、实事求是反遭陷害，我宋璟宁愿丢官也要保你，退一万步讲，你若是被砍头，我一定与你同时赴难。"

张说十分感动，他表示一定不说假话，实事求是。当对质时，张说勇敢地站出来，果断地说："我根本没有听到魏元忠与高戡说过那样的话。"

对质失败后，张说被加上了一个"忤旨"的罪名，流放到钦州。魏元忠被贬到高要县充当县尉。诬陷造谣的张易之却稳坐泰山，由于他的阴谋没能得逞，所以对宋璟恨之入骨，他要伺机报复。

为非作歹的张易之还没来得及施展报复的计划，他自己倒出了毛病。有一天，他与张昌宗请来巫师，给他们占卜算卦。在这时，他俩说了些蔑视武则天的话，被

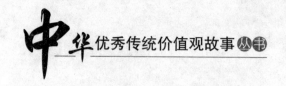

人写了密信，告到武则天那里。宋璟听说后，请求皇帝趁机除掉这两个恶魔，武则天明白宋璟的意图，表示不同意。她对宋璟说："易之等人已经主动向我禀奏，承认了错误，就不必再追究加罪了。"

宋璟立即反驳说："张易之等人发现事情败露，才不得不承认，这是自欺欺人，千万不可饶恕。况且又是阴谋反叛的首恶，怎么可以轻易免罪呢？"宋璟继续说："张易之等人长期受宠，陛下对他们分外开恩，我知道，我这样做会招来灾祸，可是，实在是令人太气愤了，我不能不说，倘若因此被杀，我也毫不后悔。"听了这话，武则天变了脸色。内史杨再思一看不好，连忙宣布赦令，让宋璟出来，以便缓和紧张空气。宋璟十分气恼，斥责杨再思说："我距陛下近在咫尺，还用得着你这个小小的宰臣自作主张，假借王命宣我出来？"

宋璟坚持要查办张易之等人，武则天自知理亏，便改变主意，同意把张易之等人的问题交给御史公审查。御史公将要审问之时，武则天又赶紧发出赦令，免除追究。还主动给张氏兄弟出谋划策，让他们到宋璟家走一走，拉拉关系，以便缓和矛盾。宋璟拒绝接见，让门卫转告张易之："有公事到办公地方去说，背地讲公事，法律是不允许的。"二张讨了个没趣，灰溜溜地走了。宋璟怒气未消，对左右的人说："我实在后悔当初没有把两个家伙收拾掉，以致使他们又有机会来捣乱！"

　　过了一些日子，有一次，武则天在朝堂举行宴会，张易之把自己座位空出来，让给宋璟说："宋公德高望重，应当坐在首位。"原来，文武百官的座位是有规定的，按官阶和品位为序。宋璟一下就识破了张氏兄弟的险恶用心，他想一旦中计，就会被定上扰乱纲纪的罪名，受到惩罚。他毫不客气地回击张易之说："宋某才劣品卑，张卿说我是第一个有资格坐首席的人，这话是什么意思？"张易之被问得哑口无言，只好扫兴地回到自己的座位上。

　　张易之刚坐定，天官侍郎郑善果跳出来，冲着宋璟喊道："宋中丞为什么称王郎为卿？"

　　宋璟毫不示弱，对他喝道："要讲官职，正应当称卿；若按私交，倒该叫他张五。你又不是张家的奴才？郎长郎短的干什么？郑善果，我看你应该丢掉软骨头！"宋璟博学多识，驳得郑善果无地自容。

　　一计不成，又生一计，张易之建议皇上派宋璟当巡回大使，让他远离朝廷。宋璟据理力争，他对皇上说："无故降职不符合祖传的章程。"武则天无言以对，只好撤销原决定。

　　张易之的阴谋一次又一次败露，但他们不甘心，想乘宋璟家里办喜事之日下手，派刺客杀宋璟。张易之府里的好心人听到消息，赶紧给宋璟报信。宋璟得知后，便坐了一辆矮小破旧的马车，连夜转移到另一处安息。

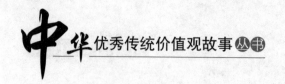

这一次张易之的阴谋又未能得逞。

武则天死后，武三思降了一格，地位不比从前。宋璟受到重用，当了吏部侍郎兼谏议大夫，官位高了，仍时常和皇上在一起谈论国家大事。武三思几次三番向宋璟献殷勤，想让他替自己办事。宋璟已有察觉，有一次，他一本正经地警告武三思，要他老老实实地待在王府里，享受皇亲待遇，不要干涉朝廷政事。有人告武三思在后宫为所欲为，败坏韦皇后的名声，李显怕丢面子，想悄悄地处死武三思。宋璟坚持要把武三思送交廷尉公开审判，然后按法律条款治罪。唐中宗既软弱，又爱面子，他根本不理解宋璟的严明法纪的用意，反而认为是与他过不去，故意为难他，中宗非常恼怒，把头巾往上一撩，从大殿旁门大步流星走出去了。一边走，一边质问尾随而来的宋璟："我已经说过把武三思杀掉，你为什么非得坚持交廷尉审讯！"宋璟说："我这完全是为皇上您着想，是为了维护国家法律的严肃性。"但中宗始终不悟，最终赦免了武三思，并把宋璟发配到贝州当了外官。

宋璟来到贝州，看到这里连年水灾，粮食绝收，无数百姓饥饿而死。宋璟看在眼里，急在心上。这里又是武三思的封地，他对百姓的疾苦不闻不问，还一次次催宋璟为他交租赋。宋璟要求他免征或缓征。武三思无动于衷，仍是一味催逼，宋璟毫无惧色，索性一粒也不交，还历数了他的罪行。至此，武三思与宋

璟之间的怨恨愈来愈深，致使宋璟长时间担任外官，
远离朝廷。

◆ 宋璟性情刚直，刑赏无私，犯颜直谏，勇斗内宠
张易之、张昌宗，力挽狂澜，拯救身遭诬陷的长史魏元
忠。宦海沉浮，屡遭磨难，终不改治国救民之志，为后
人所敬仰。

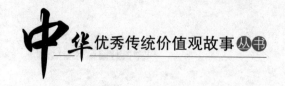

22. 威慑藩镇的唐朝名相裴度

裴度（765—839年），唐朝名相，字中立，汉族，河东闻喜（今山西闻喜东北）人。唐代后期杰出的文学家、政治家。宪宗时为相，力主削除藩镇。元和十二年（817年）官淮西宣慰处置使，奏请取消监军宦官，督师平定淮西之乱，威慑藩镇。后因不满宦官专权，辞官闲居洛阳。

裴度貌不惊人，但风度俊爽，很有才干，在反对藩镇割据的宦官专权以及维护国家统一的斗争中正气凛然，尽心竭力，为唐代中兴做出了卓越贡献。

裴度进入官场后，一次又一次地向皇帝上奏书，提出："必须消除藩镇割据的混乱局面，停止战争，发展生产，斥退奸臣，惩办专权的佞臣。"皇帝不仅置之不理，而且很不高兴，把裴度调到河南府当一个小官吏。

后来宰相武元衡非常欣赏他的才能，推荐他当了起居舍人，回到京城任职。

路遇刺客

当时淮西节度使吴元济发兵四处烧杀抢掠，并与其他节度使相勾结，对抗朝廷。裴度积极支持宰相武元衡对淮西用兵，他为消除藩镇割据去前线慰问，观察用兵形势，推荐军事将领，做了许许多多的工作，这引起了王承宗、李师道的无比忌恨。他们分别派遣刺客前往长安（今陕西西安），行刺武元衡和裴度。一天，天还没亮，武元衡在上朝路上遇刺，并被砍头。同时，刺客也行刺裴度，裴度在路上连遭三剑：一剑砍掉了皮带，二剑穿破了背上单衣，三剑刺伤了头部。幸亏裴度头戴毡帽，伤势不重，他跳下马，就势滚入沟中，刺客以为裴度已死，于是匆匆离去。

这一恐怖事件，使京城气氛十分紧张，朝中大臣十分震惊，不少人被吓昏了。有人竟向宪宗献计，请求罢免裴度官职，以安王承宗、李师道的心。宪宗非常恼怒地说："如果罢免了裴度官职，正中了贼人奸计，破坏了朝廷纲纪，裴度一身正气，有胆有识，由他领导讨贼斗争，是完全能够击败叛贼的。"

于是，宪宗任裴度为宰相。

平定叛乱

裴度疾恶如仇，他没有被敌人的屠刀吓倒，在家养伤二十天后，就赶忙去面见宪宗，表示誓死维护朝廷的统一。他坚定地对宪宗说："淮西叛贼是朝廷的心腹之患，不能不除掉。"宪宗同意了裴度的意见，并把兵权全部交给他。人们见裴度当了宰相，觉得又有了希望，情

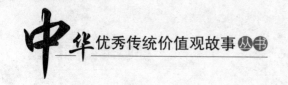

绪便安定下来。

　　裴度为了广泛地团结天下贤才，共同完成平叛大业，他请求宪宗破除不许他们相互来往的规定，请允许在家接待宾客。宪宗答应了，于是许多有志之士，纷纷前来向宰相献策。

　　讨伐吴元济并非一帆风顺，当遭到挫折与失败时，许多大臣都主张停止讨伐，赦免叛臣吴元济。只有裴度坚持叛贼吴元济不能赦免。不久，又有许多大臣以各种借口多次请求罢兵。唯独裴度坚决要求到前线去督战。于是宪宗委托他统帅各路讨伐大军。他向宪宗辞行时表示："臣誓死不与叛贼共存！"

　　裴度离京到了淮西前线，慰劳各路大军，不顾个人安危，亲临前线指挥，鼓舞了士气，每战必胜。大将军李想在裴度支持下，雪夜偷袭蔡州城（今河南汝南），活捉吴元济。首恶被擒，裴度对其他人皆采取宽大政策。又废除了吴元济的一切旧禁令，百姓昼夜都可以往来。又免除了两年赋税，长期受压迫的蔡州人民无不欢欣鼓舞。

直言不讳

　　淮西平定后，宪宗便追求起享乐，下令大兴土木，修造华丽的殿堂。当时的财政官程异、皇甫镈二人，为讨好皇帝，多次进贡所谓"羡余钱"，支持宪宗进行各项营造，宪宗非常高兴，封他俩为宰相。裴度眼见这些情况，十分担心与忧虑，他一次又一次地上疏劝阻说："异、铸二人，并没有远见卓识，陛下为了满足眼前利益，得到物质享受，便提拔他们二人为宰相，天下人都认为这样做不妥当，对陛下没有好处，务必请您深思。"宪宗根本不听。

当时宦官专权，专横残暴。五坊使杨朝汶大放高利贷，盘剥百姓，胡乱逼债，蛮不讲理，倚势抓人，囚禁无辜者数千人。裴度十分气愤，在宪宗面前毫不客气地揭发他的罪行，请求法办。当时，朝廷正在议论如何讨伐山东藩镇叛贼，因而宪宗说："我正要与你商量山东军事，这种小事我自有办法处理。"裴度说："用兵是小事，五坊使追捕无辜之人应是大事。兵事暂不处理，只骚扰山东一地，五坊使横暴，恐怕会扰乱天下。"宪宗听了觉得很有道理，下令杀了为非作歹的贪官杨朝汶。

裴度为人正直，每见朝政有失，必然竭尽全力进谏。有一次，宪宗说他最厌恶朝廷大臣结党。裴度诚挚地说："物以类聚，人以群分，有才能的人同心同德，邪恶的人一个鼻孔出气，表面上好像结成党派，实际上各不相同，关键在于皇帝能否明辨是非，不为奸佞迷惑。"裴度敢于揭露权奸，使皇甫铸一伙人勃然大怒，他们伺机诬陷裴度，裴度终于被调离京城，去太原任职。

在太原任职时，有一个太后的养子刘承偕倚仗权势，横行霸道，凌辱节度使刘悟，纵容部下违法乱纪，胡作非为，激起广大士兵不满。刘悟将他囚禁。穆宗得

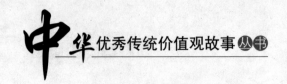

知后，大为恼火，问裴度如何处置。裴度说："刘承偕依仗宠幸为非作歹，陛下若想让天下武臣忠心为国，只有杀头示众，才能使四方群贼胆战心惊和天下太平，其他任何处置都无济于事。"

晚年，因朝廷宦官当权，裴度辞官退居洛阳，不参与政事。

◆ 裴度为了维护和巩固李唐的封建统治，坚持与权奸、宦官、割据势力进行斗争，这种斗争精神是可贵的。尤其是从他反对藩镇割据势力所取得的巨大功绩来看，他不愧为唐朝后期一位杰出的政治家。

23. 以天下为己任的范仲淹

范仲淹（989—1052年），字希文，汉族，苏州吴县（今属江苏）人，世称"范文正公"。北宋著名的政治家、思想家、军事家和文学家，祖籍邠州（今陕西省彬州市），后迁居苏州吴县（今江苏省吴县）。

"先天下之忧而忧，后天下之乐而乐"，这是北宋著名的政治家、文学家范仲淹的名言，他一生忧国忧民，正直无私，朱熹称他是有史以来天地间第一流人物。

重审旧案

范仲淹二十六岁考中进士，被朝廷任命为司理参军，负责司法刑狱等工作。

他一上任，便开始研究朝廷的刑法，审批案卷。有时还亲自查访，了解案情，他发现有不少冤案和错案，而且冤屈的百姓叫苦连天。他想重新审理一下旧案，决定先找州的最高行政长官——知州商量一下。范仲淹来到知府，参见知州，讲明来意。知州板着脸说："什么？你要重新审理旧案？"范仲淹说："正是，如果大人

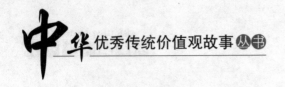

同意，我马上就办。"知州站起身来，嘿嘿一阵冷笑，说："参军呐，你刚刚当官，大概还不知道做官的道理，不了解官场的规矩吧！"范仲淹惊愕地说："你说什么？"知州又说："这个，以后你会明白的。现在，我劝你还是少说话，少管事，这比什么都好。我是为你好，为你的前程着想啊！"范仲淹沉着地说："不，大人，我们都是朝廷的命官，应该为国家做些事情。古人说，百姓是国家的根本。现在，这里的老百姓冤枉很多，人心不服，长此以往，是会危及朝廷的。我们岂能袖手旁观？"

知州自知理亏，又不甘失败，便瞪着双眼质问范仲淹："以前的案件是谁让你管的？"

范仲淹毫不示弱地说："我是司理参军，理应来管！"

知州十分气恼地说："什么，理应来管？我是一州之长，你还理应我来管呢！现在我明白地告诉你，过去的案件一律不准再审！"

范仲淹气愤地问："为什么？"知州强硬地回答："为什么，因为我是知州，我说不能审就是不能审！"范仲淹义正词严地说："公正理案是我的职责！"知州盛气凌人，大声呵斥说："你胆大包天！"范仲淹还在据理力争，毫不退缩。

激烈的争论之后，范仲淹心情久久不能平静，他万分苦恼和悲愤。他想，像知州这样的官员，一不为国担忧，二不为民解难，还阻止我来理案，真是岂有此理！
他按捺不住胸中的怒火，抓起笔，蘸好墨，迅速地把跟
知州大人辩论讼案的事写在屏风上。他无所畏惧，不怕
得罪知州大人。知州知道后，果然怀恨在心，就设了一
个圈套，硬逼着范仲淹回家迎接老母亲，并给他准备了
一切费用。仲淹心里明明白白，但他感到这样僵持下去
旧案也不能重审，暂时先回家把母亲接来再说，他没有
收知州给他的费用，而是卖掉了自己心爱的枣红马，千
里迢迢徒步走回家。

范公堤

七年后，范仲淹被调到泰州（今江苏泰州市），做盐
仓监官，负责监督淮盐贮运转销。这里的海堤多年失
修，盐场失去屏障，水害严重，成千上万灾民流离失
所。范仲淹看在眼里，急在心上，他立即给朝廷上书，
建议重修一道坚固的捍海堤堰。很久以后，朝廷调范仲
淹为兴化（在今江苏省）县令，委托他全面负责这项浩
大的工程。

这年八月，范仲淹率领十几万筑堰大军，浩浩荡荡
地开进了筑堰工地，民工们情绪高涨，工程进展顺利。
可是，不巧天下起大暴雨，接着又是一场大海潮。海水
像猛兽一样冲毁了已经修起的海堰，有一百多个民工被
海水吞噬了生命。范仲淹心如刀割，其他官员也都议论
纷纷。偏偏这时又发生了日食，霎时谣言四起，人心惶

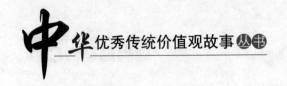

惶。一部分官员贪生怕死，向朝廷上书说："这是天意，海堤不能再修下去了。"主张取消工程计划，彻底停工。事情报到京城，朝廷大臣也举棋不定。可是范仲淹为国出力、为民兴利的信念毫不动摇，他临危不惧。坚决主张不能半途而废，经过多方不懈地努力，终于说服了上级，得到朝廷允许，捍海工程又全面复工。一年后，二百多里长的捍海大堰顺利竣工，过去受灾逃难的百姓，又纷纷返回家园。人们看见这又高又厚又坚实的海堤，感激之情油然而生，他们把海堰叫作"范公堤"。有不少灾民，竟然也改姓范。

救 灾

范仲淹四十二岁那年，被朝廷任职为右司谏，专门负责评议朝廷大事。

当时山东半岛、淮河、长江流域干旱和蝗灾十分严重。范仲淹上书，请求立即派人前去救灾，可是，过了好长时间，还不见朝廷有什么动静，于是便去面谏宋仁宗。他质问仁宗说："万岁，皇宫里这几千人，如果半天不让他们吃东西，您该怎么对待呢？"在范仲淹的耐心劝说下，仁宗幡然醒悟。范仲淹并主动请求去救灾，而且圆满地完成了任务。当他回到朝廷时，还带回几把农民用来充饥的野菜，送给了仁宗和后妃贵戚，目的是让他们同情、怜悯百姓，力戒奢侈，提倡省俭。宰相吕夷简认为这是对他治理朝政的讽刺，因此怀恨在心。

废　后

吕夷简大耍两面派，与阎文应等人狼狈为奸，他们合谋以不育皇孙为借口，企图废掉比较正直的郭皇后，以便他们胡作非为。宋仁宗被迷惑，亲自下诏书，要废掉郭皇后。诏书上还写着：废后是帝后家事，朝中大臣一律不得劝谏，所有奏章一律不收。

范仲淹看到诏书，又惊又急，他找到最高检察长官御史中丞孔道辅，还有十几位同事，不顾诏书，急忙亲自去面谏宋仁宗。宋仁宗叫值班官吏把殿门关得紧紧的，范仲淹和孔道辅飞快地登上大殿的台阶。他俩一人抓住一扇殿门的铜环，高声喊道："万岁！皇后不当废，请您听听我们的意见。"垂拱殿内寂静无声。范仲淹等人又用力高喊了几次，仍无人理睬，于是他们用尽全身力气，拼命地摇动门环，铜环"哗啦哗啦"地响。只见十几位忠谏正直的官员，手扒着殿门，齐声质问："皇后不当废，为什么不听听御史和谏官们的意见！"殿门仍然紧闭。

无奈，范仲淹提议找宰相吕夷简去，他们来到中书省质问吕夷简，争论得面红耳赤。吕夷简立即向皇帝汇报了这一情况，皇帝勃然大怒，说："这伙人简直是犯上作乱，无法无天！"接着把范仲淹逐出朝廷，派到睦州（今浙江建德市）任知州。其他官员也都受到了降职罚金的处分，无一人幸免。

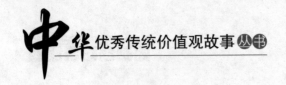

死　谏

　　到睦州以后，他又是被频繁地调动，但他毫不介意，从不灰心丧气。后来他又被调回京城，主管国家的典礼、教育等工作。他看到奸佞小人阎文应专横跋扈、心狠手毒、罪恶多端，害死了郭皇后，他怎么也压抑不住胸中的怒火，他手握大笔，伏案疾书，揭发阎文应的种种罪恶。他发誓什么时候皇帝批准了他的奏书，什么时候吃饭。宋仁宗迫于证据确凿，事实俱在，况且不准许的话，范仲淹就一直绝食，恐怕会闹出乱子，狠了狠心批准了范仲淹的奏章。把横行多年的阎文应削职罢官，赶出京城，人们无不拍手称快。

　　不久，吕夷简派同伙去诱吓范仲淹，要他不要学那梅花争强斗胜，那样会招致杀身之祸，一定不要管闲事。范仲淹说："不要管朝事？那么邪恶的人就可以为所欲为了，是不是？现在朝中的一些大臣，身居高位，上不忠君，下不忧民，为保官位，朝事不敢管，公道话不敢讲，这样的官员岂不是白白坐吃国家的俸禄吗？"

　　那个人生气地说："你……你的胆子可越来越大了，难道你就不怕……"

　　范仲淹铿锵有力地回答说："君子自古不怕死，还有什么可惧怕的呢？屈原，我们都很熟悉，他无论遭受到多么大的打击，都始终不改变自己的志向，纵然死上多次，也决不后悔。告诉你吧，要叫我封起嘴来，不说话，不管事，那是万万办不到!"那人无可奈何只好灰溜溜地走了。

百官图

吕夷简把持朝政，任人唯亲，朝廷一片昏暗，很多官员贪赃枉法，胡作非为，根本不管老百姓的死活。范仲淹绘制了一张百官图，充分揭露了这一事实。他手指百官图，向仁宗提出谁该提拔重用，谁该降职使用，谁该受到处分，谁该削职罢官。还对仁宗说："朝中官员的任免，万岁心中一定要有数，万不能宰相一人说了算。"这更刺痛了吕夷简，他不甘示弱，大肆诬蔑、造谣诽谤。范仲淹也不屈服，连上四章，揭发、斥责吕夷简狡诈的罪恶。但范仲淹势单力孤，又被降职，调到饶州(今江西鄱阳县)。

此时许多官员都为范仲淹鸣不平。有不少人为范仲淹讲情，一个官员在奏章中说："范仲淹是个刚强正直的官员，他敢于直言诤谏，这比那些吃着朝廷的俸禄，而不敢劝谏的官员要好千百倍……望万岁改变主意，另行处理。"结果这些正直的官员也都被削职贬官，赶出了朝廷。

六十二岁那年，范仲淹贫病交加，含愤死去，噩耗传来，朝野一片哀痛，陕甘等地的各少数民族百姓，也都成百成千聚众举哀，连日斋戒，悼念这位顽强不屈、忧国忧民的政治家。

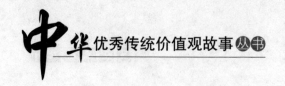

◆ 范仲淹为政清廉，体恤民情，刚直不阿，力主改革，屡遭奸佞诬谤，数度被贬。他以其先进的思想、宽阔的胸怀与人格的魅力成为中国古代士人的典范。直至今天，范仲淹的思想和人格仍然具有借鉴价值和教育意义。他"先天下之忧而忧，后天下之乐而乐"的高尚情操，激励无数志士仁人忧国忧民、敢于担当、自强不息，成为中华民族宝贵的精神财富。

24. 铁面无私的清官包拯

包拯（999—1062年），汉族，宋庐州合肥（今安徽合肥）人，字希仁。中国北宋官员，以清廉公正闻名于世，故有"包青天"及"包公"之名。

包拯从不与世俗同流合污，坚决反对贪污行贿。他曾任端州（今广东肇庆）知县，那时，端州出产一种有名的砚台，叫端砚。地方官每年都要向朝廷进贡端砚，以前的知县总要借着向皇帝进贡的名义，数十倍地向百姓索取，然后赠送给权贵们。包拯到任后，命令豪强官吏，不得贪污，制作砚台，仅够进贡的数目就行。他自己从上任到期满离任，没想要过一块端砚。

包拯负责财政工作的时候，秦州、陇州和斜谷造船场的造船木材，都是作为赋税和徭役从民间征收的，还有七个州要交纳河桥竹索的税钱，经常收缴几十万贯。包拯奏请废止了这些赋税的劳役。他一向认为百姓是国家的根本，要减轻他们的负担，让他们过上好日子，不受贪官污吏的欺压，这样国家才能安定富强。当时，契丹在靠近宋朝边塞的地方集结军队，边疆、州、军的形

势越发紧张，朝廷命令包拯向河北调发部队的军粮。包拯说："漳河一带土地肥沃，良田万顷，但是人们不能够耕种，都用来牧马，请求全部归还百姓，让他们耕种，也好交租。"朝廷同意了。

当包拯担任监察御史和谏议长官的时候，他多次上奏疏，斥责那些倚仗皇帝宠信而又滥用威权的大臣，请求废止一切由皇帝随心所欲下达的加官晋爵的命令。他建议对赃官贪吏革职永不起用；官员的子弟也不能凭借老子的地位和功劳就补官，要进行考试选拔；他主张官员年到七十必须离职，他揭露不愿离职的官僚，是不知廉耻。

包拯在朝刚强果断，贵戚宦官十分惧怕，有所收敛，听到他的名字的人都畏惧他。他非常严肃，一本正经，人们把他的笑比黄河清一样难得。就连儿童和妇女都知道他的名字，称他为"包待制"。京城流传着关于他的民谣说："关节不到，有阎罗包老。"是说走后门，打通关节，托不到阎王和包公处。原来的制度规定，凡是告状的人，不能够直接进到官衙庭下。包拯让打开大门，让告状的人都能够到庭前陈述是非曲直。于是，办事的衙吏就不敢再欺骗长官、阻挡刁难百姓了。

包拯执法严峻，平反冤狱，抑制豪强，铁面无私。他在任开封府尹时，天下大雨，河水泛滥，淹没街道，使许多平民无家可归。为什么河水堵塞不通呢？原来有权有势的豪门贵族在河上修筑堤坝，将坝内的水据为己有，种花养鱼，并且同自己的住宅连到了一块，成了水上花园。包拯调查清楚后，画了地图，马上下令把河上的建筑统统拆掉。有人依仗权大势大，告到宋仁宗那里，包拯证据在手，他们也就不敢再无理取闹了。惠民河疏通了，水患解除了。这件事受到老百姓热烈称赞，当然又得罪了许多有权势的官僚。

包拯敢于惩治那些残害老百姓的贪官污吏，对皇帝也敢提意见。有一年，开封上清寺失火，宋仁宗准备重建。包拯立即打报告说：现在国库不足，边境战事也很多，不应当办这些无关紧要的事。宋仁宗听了，觉得他说得很对，就停止了修建。

包拯升为监察长官，仍然刚正廉洁，直言不讳，不怕冒犯皇帝。他上奏说："太子的位置空了很久，天下的人都为这件事而忧虑，陛下这么长久的时间还不做决定，是为了什么呢？"

仁宗略有所思地说："你想立谁呢？"

包拯说："臣才能微小，凑数在朝廷工作，所以请求预先确立太子，是为皇朝江山能延续千秋万代而考虑。陛下问我要立谁，这是怀疑我了。我已经老了，而且没有儿子，如果认为我说得不对，也不要紧，反正不是为了自己升官发财。"

仁宗高兴地说："好！这件事可以慢慢商议。"

包拯刚直不阿，从不趋炎附势。不久，他又请求裁减和抑制宦官。减少不必要的开支以节省费用，并写成

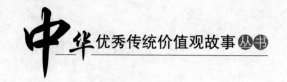

条文，责成各路的监察机构进行督促检查；御史府可以自己举荐所属的官吏；减少每年的休假日等等。这些事都得到了比较开明的仁宗的批准，并予以施行。

张方平任三司使，因为购买豪民的产业，被包拯上奏指出有罪，因而被罢免了职务；宋祁代替张方平担任三司使，包拯又抨击他，宋祁也被免职；于是皇帝任命包拯兼任三司使。欧阳修说："包拯这样做，就是人们所讲的，有人牵牛踩坏了某人的田，这人就夺了他的牛作为处罚；这样的惩罚已经够重的了，还要贪图他的财富，这不是太过分了吗！"实际张方平等人的罪过理该受罚，可是包拯被人误解了，他毫不理会，一如既往。在三司任职的时候，所有仓库里供应宫廷的物品，原来都是摊派给外地州郡进贡的，因此给老百姓增加了许多负担。包拯特地设置机构——场，购买这些物品，百姓才免除了这些负担。以往三司的小吏欠了钱帛后常常被囚禁起来，得到机会他们往往逃走，于是把他们的妻子和儿女也都关起来。包拯得知后，把受牵连的人全部予以释放。

包拯性情刚毅耿直，厌恶官吏的奸邪苛刻，他既非常憎恨坏人坏事，又以宽厚之心待人，和蔼可亲。他从不人云亦云，随声附和，也不说假话、空话，强装笑脸讨人喜欢。平时没有私人书信往来，同熟人、亲戚都断绝了交往，唯恐他们走自己的门路，托自己办事。他虽然身居高位，但是衣服、器用、饮食仍然和没有做官时一样。他曾经说过："我的后代子孙出去做官，如果有犯贪污罪的，不许回到包家，死后也不得葬进包家的祖坟。如果不遵照我的意志，就不是我的子孙！"

后来，朝廷任命包拯为枢密副使，升为礼部侍郎，他坚决推辞，不肯就任。不久，他因病去世。他深受百姓爱戴，不畏权贵、清正廉洁的美名世代相传。

◆ 包拯是我国民间最著名的清官，在戏剧、电影、电视和小说里都有他的可歌可泣的故事，提起包公，几乎家喻户晓、妇孺皆知。他清正廉洁、刚直不阿、不畏权贵、执法如山、铁面无私。直至今日，他依然是民间最具号召力的代表公平与正义之化身，他的影响力遍及海内外。

25. 坚持抗金的北宋名臣李纲

李纲（1083—1140年）北宋末、南宋初抗金名臣。字伯纪，号梁溪先生，宋徽宗政和二年（1112年）进士。历官太常少卿。宋钦宗时，授兵部侍郎、尚书右丞。靖康元年（1126年）金兵侵汴京时，任京城四壁守御使，团结军民，击退金兵。

南宋末年的徽宗十分昏庸，在金兵大举进攻、国势岌岌可危之时，仍醉生梦死，毫不理会，把领导抗战的任务委托给太子。李纲当时担任太常少卿，当得知这一消息时，冒着生命危险，向皇帝提出"皇帝必须退位，卖国贼非得肃清不可"的建议。他的建议书是通过建议官吴敏转达上去的，没曾想，皇帝采纳了他的意见，自动退位。

钦宗即位，他立即召见李纲，商榷目前的施政方针。李纲来到大殿，皇帝忙站起欢迎说："朕先前在东宫（做太子时），曾经读过你的《论水灾疏》，至今还能背诵。"李纲很激动，他一贯敢于直言，因为写《论水灾疏》，曾吃尽了充军的苦头。接着皇帝又问："目前的施政方针，你有什么意见？"李纲说："第一要坚决抗敌，不能退让；第二要铲除奸臣，任用贤人，加强战备，严明国法，发展生产。这两条望陛下务必坚决实行，这样才不辜负太上皇帝禅位的苦意。"皇帝又问："敌人要求割地，然后再退，有人提出可以去谈判割地的条件，你意见怎样？"李纲坚定地说："祖宗的疆土，应当死守，怎么能轻易割去寸土送给人家呢？"钦宗于是打消了割地的念头，任他为兵部侍郎兼参谋官。

金兵步步紧逼京城开封，以宰相的意思，钦宗应出京暂避敌锋。而李纲不赞成此举，他向皇上劝谏说："太上皇把国家交给你，你岂能临敌逃脱，说得过去吗？"钦宗默然无语。宰相白时中也是赞成钦宗逃难的一个，唯恐钦宗答应留下，抢着说："京城事实不能守住。"李纲辩驳说："京城不比一般城池，怎可随意放弃，何况又是宗庙、社稷、百官以及千百万人民的所在地呢！岂能拱手让出？"钦宗把视线转向白时中，似问，"怎么样呢？"白时中此时也十分迷惘，除了逃难，他无计可施。李纲见大家都沉默不语，便又提出："当务之急，当然是整顿军马，联合人民，共同坚守，等待勤王之援军。"

钦宗问："谁可统帅大军呢？"李纲向白时中、李邦彦扫了一眼，老老实实地回答："白时中、李邦彦等虽然未必懂军事，然而按他们的地位，领导将士抗战，乃是他们应尽的责任。"

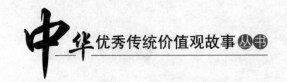

　　这可激怒了白时中，他脸红一阵，白一阵，愤怒地指着李纲问："你能领兵出战吗？"

　　李纲平静地毫不踌躇地回答："陛下如果不认为我庸碌无能，委托我处理军事，愿以死报国。"钦宗见李纲着实忠于国家，有胆有识，便任命他做尚书右丞。

　　第二天朝会，白时中还固执地请钦宗暂时避难。钦宗胆小得很，巴不得借白时中之言离开京城，即悄悄地做好出京的准备，打算让李纲在京留守。李纲知道后，再次竭力陈说不可离开京城的原因，并且以唐明皇避蜀的事件为例，说得钦宗哑口无言。刚刚有点悔悟，内侍匆忙来报说："皇后已经启程了。"钦宗神色大变，马上又决计要走。李纲急得眼泪止不住流下来，急忙跪下抵死请留。钦宗被感动，犹豫了好一会儿，断然向李纲说道："朕今天为卿留下，不过抵御敌兵事情，卿要特别负责，不要疏忽。"顿时，李纲十分惶恐，不知如何回答是好。他深感自己责任重大，决心以死报国，欣然接受了命令，说："谢陛下，只要您不走，撑住局面，臣愿意拼死保卫陛下和国家。"

　　不久，钦宗又借口打猎，准备南下。李纲听说连忙赴宫去阻拦。而圣驾已在禁卫兵的护卫下出发了。他急忙高声地呼唤禁卫兵："你们愿意保卫国家，还是愿意跟皇上南逃？"卫兵齐声回答："愿意死保京城。"

　　李纲向前拜见钦宗说："陛下先前已答应不走，今忽而又不辞而别，不知何故？现在六军父母妻子都在京城，愿意死守，万一半路上卫兵担心京城的家属而逃归，金兵又来追，您如何抵御呢?"钦宗听了感到十分惭愧与害怕，沉思半晌有气无力地说："那么，就不走吧!"

为了更好地实行防御计划，皇帝便任李纲为亲征行营使。他上任后，积极准备防御，并出敌不意地给金兵以沉重打击。金兵感到宋朝已有防备，又得知钦宗即位，奸臣失权，于是请求让李纲派遣大臣谈判议和条件。李纲与钦宗商议时，请求前去，钦宗想派李棁去，李纲认为不可，他说："国家安危在此一举，李棁怯懦，恐怕谈判不成，反误国家。"

钦宗不听，竟派李棁。果然不出李纲所料，李棁在金人威胁面前，只是唯唯诺诺，不论提什么条件，都满口答应，结果割地赔款，并以亲王和宰相为人质。李纲听说后十分愤怒，他说："割地赔款还要人质，这样国家的损失太大了，不行。请皇上再派一位能说善辩的人，姑且与金人吵闹敷衍，拖住他们，作为缓兵之计。此时我们迅速集结兵力，然后猛烈还击。"可是朝中的众多大臣都坚决反对他的意见，硬要接受金的要求。李纲力单势弱，扭不过他们，即要求辞职，钦宗不准许，安慰他说："你只要出来统帅军队，议和的事，可以慢慢再谈。"李纲信以为真，退下去了。刚走，朝廷就金人的要求全部接受。

金人贪得无厌，仍不断地抢掠。不久，各方援军已

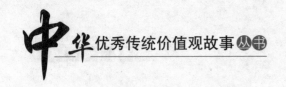

到，李纲觉得反攻的时刻已到，便上奏书，献出切实可行的作战方针。钦宗以为很好，便命令他布置，即日举事。这时一位有勇无谋的将领姚平仲，为了争功，孤军擅自夜袭敌营，危急时，请求李纲救援。李纲失声叹息说："完了，完了！"但事已如此，不得不去救助，结果终因准备不足而遭失败。金国派来使者问罪，宰相李邦彦把罪过推在李纲等人身上。于是撤了李纲的军职，换上了投降派。这种冤屈的决定，激起忠心爱国人士的无比愤怒，太学生陈东向皇帝上书，替李纲辩白。兵士、百姓、太学生数十万人不约而同地聚集在皇宫前面。向皇上示威，呼喊声震天动地。他们等了许久，也不见有人出来答复，人们愤恨已极，动手杀死内侍数十人。钦宗一看大事不好，群情激愤，因此不得不召回李纲，恢复原职。

金兵屡次来攻城，李纲带领兵士奋勇杀敌，迫使金兵不得不暂时撤兵。朝廷上下无人再过问边事。唯独李纲没有松懈，常常为边防的事而忧闷、着急。并商讨防御的军事方案，提出改革弊端、裁减闲官、节省资财、补充军费等措施。这可惹恼了那些只知领取薪水，并不做事的那些大臣们，他们恨透了李纲，把他的奏书张贴在各处，企图孤立李纲。投降派终于借机把李纲排挤出朝廷，派到太原。李纲深知他们的用心，立即上书辩驳，并百般推辞，不肯离开京都。接着，受投降派左右的皇上又把莫须有的罪名加到他身上。什么"拖延时间，拒绝命令"等。他满怀忧愤离开朝廷，临行时忍不住又劝钦宗说："唐恪、聂山都是奸徒，不可信任，放在朝中，必定会危害国家。"

后来京城陷落，徽、钦二帝被俘。高宗继位，他决定起用李纲担任宰相。李纲又要担任要职，领导抗战，自然又遭到了投降派的百般嫉妒和阻挠。他们在高宗面前说李纲的坏话，横加挑唆和阻止。但是高宗还是催促李纲急速进京，并派使臣去迎接，还接见了李纲。李纲极力推辞，不肯就任。高宗以国事利益相劝，说："朕素知卿忠义，而且有策谋。若使敌人畏服，国家安宁，不用御史来负相责不可以，请卿千万不要推辞才好。"李纲的生命，已与国家民族的事业紧紧地联系在一起，听说为国效力，他什么都忘记了，就是赴汤蹈火，也在所不辞。他当天便向皇上提出了十条建政方案。

第二天，大臣们讨论李纲的方案。唯独不提他的惩治奸臣、取缔伪命这两条。李纲提出责问，没有回答。停一会儿，他又说道："如今洗刷内政，必须如此，奸臣张邦昌背叛朝廷，自己称号，今天又归回来，朝廷不但不处置，反而委以重任，这是什么道理？而且还有许多野鸡官吏，任凭他们随意搜刮百姓，人们怎么会满意朝廷？"大臣中有人反对他的意见，有人替奸臣辩护，有人和稀泥，建议陛下从宽裁治。李纲毫不退缩，又说："皇上你容忍叛逆执政，不怕人民指责吗？臣不愿与此人同列，陛下如要任用他，请免臣职。"伯彦肯定地说：

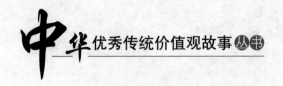

"李纲气直，我们诸位大臣都比不上。"张邦昌叛变，人凭俱在，皇帝不得不把他派往外地。此时，李纲才就任。

后来，李纲又因为主战，被撤职。最后他怀着满腔悲愤离开人世。

◆ 李纲才兼文武，胆略超群，连续被徽宗、钦宗、高宗三位皇帝赏识，委以重任，曾多次上疏，陈说抗金大计，始终未为采纳，壮志难酬。他的宏才大略，始终不能施展，抗金救国大志始终未能实现。

26. 不徇私情公正取士的陈之茂

陈之茂（？—1166年），字阜卿，无锡（今属江苏）人。高宗绍兴二年（1132年）进士（《咸淳毗陵志》卷一七）。善诗画，未及大用而卒。

南宋的宰相秦桧以莫须有的罪名杀害了岳飞，对金国屈膝投降，无恶不作，激起了一些正直的官员和广大百姓的不满和愤恨。只因他官高势大，又受到宋高宗的宠信，人们往往敢怒不敢言。不过，天下刚正不阿、不畏强暴的人总是有的。就在秦桧得势之时，就有人敢公开违抗他的旨意，对他这个卖国贼表示愤慨。不徇私情的主考官陈之茂就是其中的一个。

陈之茂年轻时，是个好学上进、博学多才、正直敢言的人。当他考进士在朝廷对策的时候，当着宰相秦桧的面，斥责他苟且偷安、卖国求荣，阐明了反对妥协投降的道理，因此秦桧怀恨在心，坚决要把陈之茂除名。经主考官张九成再三保举，宋高宗才赐陈之茂"同进士出身"（"同进士"就是进士的副榜，比进士差一等）。并派他到休宁县（今安徽休宁县）去做县尉。

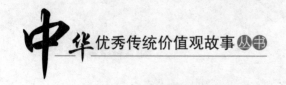

后来，陈之茂由于政绩卓著，逐步得到晋升。他对儒家的经典四书五经很有研究，有一年举行进士考试的时候，他被任命为主考官。他暗自下决心一定不辜负朝廷的重托，把有真才实学的人选拔上来，考试前，他认真地做了许多准备工作。

恰巧，这一年正赶上秦桧的孙子秦埙参加考试。秦埙的父亲秦熺年轻时，仗着他父亲秦桧的权势，通过贿赂得了状元。如今秦埙仗着做宰相的祖父的势力，也想当状元。可是他养尊处优，不肯刻苦读书，虽有名师教导，也是学不进去。想考中状元的希望是渺茫的。秦桧打心眼儿里想让他这个宝贝孙子考上状元，也好为他脸上增点光彩。于是他想通过主考官作弊，把他的孙子取为第一名。当他听说主考官是当年曾当面斥责他的陈之茂时，心便凉了半截，转念一想，自己是堂堂的当朝宰相，职位高，权势大，谅他陈之茂也不敢不听。于是他马上派人请陈之茂到宰相府来。

虽说陈之茂跟秦桧有过一段不愉快的往事，但是他碍着秦桧是当朝宰相的面子，不得不去应酬一下。

陈之茂来到宰相府，秦桧装模作样先是询问了不少有关这次考试的事情，然后转入正题对陈之茂说："我的孙子秦埙这次也考进士。我听他的老师说，他的文章写得不错，是天下少有的奇才，你看考卷的时候，千万要仔细地看看他的文章，如果他能考取状元，那自然是再好不过了。"

陈之茂听了秦桧这一番话，才知道了他的用意。但是怎么回答他呢？当面拒绝吧，不妥，秦桧手握大权，他可以撤掉自己的主考官职务；如果答应他的要求，也不行，那岂不是违背了自己为国家选拔人才的心愿，辜负了朝廷的信任吗？陈之茂略微思索了一下，便回答秦桧说："令孙既然才学出众，想必一定能考好，只要他的文章确实出类拔萃，下官当然会录取他为状元。"秦桧没有听出陈之茂话里有话，只听到"状元"二字，以为陈之茂已经答应了，满心欢喜，便客客气气地把陈之茂送走了。

考试的日子到了，考生来到考场，他们每人一间屋子，外面要用锁锁上，只有交了卷，才能打开锁，放出来。

当时，越州（今浙江绍兴市）有个著名才子名叫陆游，也来考进士。陆游平日酷爱读书，勤奋学习，不仅文章和诗词写得很棒，而且还有满腔的爱国热情，有一套进步的政治主张。考试完毕，陈之茂在判卷时，一下子被陆游的考卷吸引住了，他拿秦埙的考卷与陆游的相比，比来比去，觉得秦埙的考卷远不如陆游的，于是他把陆游录取为状元。

发榜以后，秦桧一听说状元不是秦埙，而是陆游，勃然大怒，恨不得一刀杀了陈之茂，方解心头之恨。但是他老奸巨猾，眉头一皱，计上心来。觉得此时不便发

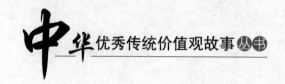

作，发作可能会惹来麻烦。既怕激起满朝官员和考生的反对，又怕陈之茂会揭发他营私舞弊的罪行，那将自讨苦吃，何不从长计议，待明年礼部复试时再想办法，把秦埙录取为状元。他想得很好。

陈之茂不顾秦桧的威严，他说："公正取士，不徇私情，这是主考官的责任，死又有什么可怕的！"他给陆游写信，勉励他继续发愤用功，准备来年在礼部复试时取得好成绩。还特意通知礼部，这次由他主考的状元是陆游，防止别人从中捣鬼。

第二年，在礼部主持的复试中，陆游的文章写得气势磅礴，脉络清晰，充满爱国激情，因此考取了状元。秦埙排在第二名。秦桧得知，把一腔愤怒发泄到陆游身上。他唆使人罗织罪证，编造罪名，妄想逮捕陆游。陆游为了避祸，偷偷逃离京城。于是秦桧就以状元空缺的理由，叫礼部把秦埙从第二名提升为状元。消息传出，立即引起一场风波，考生们议论纷纷，秦埙闭门不出，羞于见人。按照规定，通过前两次考试的考生还需参加殿试。秦埙在去参加决定命运的殿试途中，受到人们的指责和嘲讽，加之理亏心虚，心怦怦乱跳，脑子发胀。因此殿试时写出来的文章，前言不搭后语，连宋高宗也不满意，无奈，只好把他降为第三名。这下可气坏了秦桧，他害了一场大病，险些送命。

◆ 在奸臣掌权，小人趋炎附势、弄虚作假、营私舞弊盛行的时候，主考官陈之茂不徇私情，公正求实，坚决按照规定择优选拔人才，这是难能可贵的。

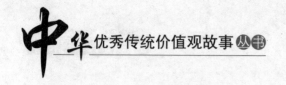
27. 忠贞爱国的南宋名臣胡铨

胡铨（1102-1180年）字邦衡，号澹庵，南宋吉州庐陵芗城（今江西省吉安市青原区值夏镇）人。南宋政治家、文学家，爱国名臣，庐陵"五忠一节"之一。

南宋时，金人不断入侵。朝廷里以秦桧为代表的投降派坚决主张议和，签订了割地赔款的绍兴和议。抗战派极力反对妥协投降，反对和议，上书给宋高宗，要求立即重整旗鼓，坚决抗战，并且请求罢免秦桧和其他赞成和议人的官职。上书的人中要数胡铨的言辞最激烈。

胡铨任枢密院编修官，是负责编写当时历史的史官。他自从参加科举考试起，就以敢于直言著称。当年胡铨参加考试时，考试题目由高宗亲自拟定，内容也有要求，必须说明皇帝的统治符合天道。胡铨在答卷中写道："古代商汤王、周武王，为了解救百姓的痛苦而起兵，因而获得了百姓的拥护，建了商朝和周朝。夏桀、商纣自称是上天的代表，却干尽了坏事，因而遭到百姓的反对而灭亡。如今我们大宋外有金兵，内有奸贼，国家的形势非常危急。我诚恳地希望陛下要把处于水深火热之中的人民拯救出来，不要去相信什么天命。"胡铨这份正直敢言的答卷，表明他具有远见卓识，是个人才，理应录取他为第一名。可是朝廷大臣中的某些人看了胡铨的答卷，十分惧怕。他们唯恐这样的人当了官，掌了权，就会成为他们贪污行贿、为非作歹、妥协投降的障碍。于是他们硬是把胡铨排到了第五名，录取以后，也只授给他一个小官职。胡铨很生气，不想去赴任，当时正赶上金兵南侵，于是他在家乡组织壮丁，协助朝廷抵抗金兵，立下了战功，后来，有人再三推荐，宋高宗才授给胡铨枢密院编修官的职务。

胡铨上任时，正是金国派使臣萧哲来招谕江南的时候，金国皇帝气势汹汹，不可一世，要求宋高宗跪拜受诏，称臣纳贡。当时宰相秦桧主和，实际是投降。南宋朝廷里的抗战派一致表示反对。胡铨更是义愤填膺，他立即给高宗上了一份奏章，言辞激切地说："大宋天下是祖宗打下来的，陛下的皇位是祖宗传下来的；怎么可以把祖宗打下来的天下拱手送人，把祖宗传下来的皇位变成金国的臣仆呢？陛下如果屈膝拜受金国的诏书，子孙后代就都要变成金国的奴隶了。"他还说："如今朝廷百官和军民都异口同声地说，投降派该杀、该剐。因此，我希望陛下杀秦桧、王伦、孙近三人以谢天下，并且把他们三个人的脑袋用竹竿挑起挂在大街上示众；然后把金国派来的使臣扣押起来，责问他们的无理行为，向他们兴师问罪。这样一来，三军将士就会勇气倍增，

打起仗来定会旗开得胜，马到成功。如若不然，臣只有效法古代义不帝秦的鲁仲连，投东海而死，决不在朝廷里苟且偷生。"

胡铨喊出了广大人民的心声，赢得了朝廷大臣的拥护，有个名叫吴师古的进士，把胡铨的奏章刻版翻印了许多份，广为散发。读到这份奏章的人，无不深受感动，他们连声称赞说："写得好！写得好！真是写出了我们的心里话。"金国统治者用一千两金子来买这份奏章。他们看了之后，十分震惊地说："了不起，了不起，宋朝还大有人在！"

胡铨的奏章深深地触痛了投降派宋高宗和秦桧，他们十分生气和恐慌，于是便密谋打击胡铨，妄想置他于死地。秦桧亲自出马，诬陷胡铨狂妄凶悖，想鼓动百姓，劫持皇帝。他利用宰相的职权，下令撤了胡铨的官职，把他流放到昭州（今广西平乐县），罚做苦工。这激起了百姓的强烈反对，朝廷上许多大臣也替胡铨鸣不平。秦桧被迫改变命令，把胡铨降职，派到广西去管理盐仓。但他并没死心，过了不久，又找借口，下令撤了胡铨的官职，流放到新州（今广东省新兴县）去做苦工。这一次，朝廷大臣迫于秦桧的淫威，都不敢再替胡铨讲话了。他的好朋友王庭珪写了两首诗为他送行，鼓励他的正直勇敢行为，并且预言，历史将会做出公正的判断。他为胡铨说了句公道话，可是，这两首诗却惹怒了秦桧。秦桧诬陷王庭珪犯了谤讪罪，把他流放到辰州

（今湖南沅陵县）。

胡铨主张抗战，却被流放，他愤恨、忧虑和痛苦，他常常吟诗作画，排泄胸中的愤懑和不平，他把自己比作伟大的爱国诗人屈原，还绘了一幅《潇湘夜雨图》，并在图上题了一首诗，来纪念为国捐躯的屈原。他又写了一首题为《好事近》的词，述说自己的不幸遭遇，抒发忧国忧民的悲愤心情。

胡铨的诗词被新州守臣张棣看到了。张棣是一个小人，一心想巴结秦桧，求得升官发财，立即把诗抄下来，派人送往京都，检举胡铨犯有"谤讪、怨望"的罪行。秦桧做贼心虚，看到词里有"豺狼当道"一词，认为是指他而言，气得大发雷霆，立即下令把胡铨流放到遥远荒凉的吉阳军（今海南三亚）去。

胡铨只因为主张抗战，便一次又一次地被流放。后来，宋高宗的养子赵昚继位，就是宋孝宗。这时，罪恶累累的卖国贼秦桧已经死了，孝宗把胡铨接回来，为他平反，恢复了名誉，让他重新担任重要官员。

◆ 胡铨的一生，始终坚持抗金，反对议和。为了国家民族利益，为了人民安居乐业，他舍身忘我，不辞辛劳。胡铨的这种爱国爱民的高尚情操在广大人民心中永不磨灭。

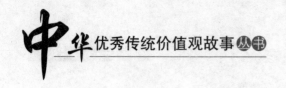
28. 金戈铁马辛弃疾

辛弃疾（1140—1207年）南宋词人。历城（今山东济南）人。他是中国历史上伟大的豪放派词人、爱国者、军事家和政治家。

辛弃疾出生在一个世代仕宦的家庭里。少年时期，他跟北方人民一样，在女真族的种族歧视和压迫下，过着忍辱吞声的生活。他的父亲辛文郁早逝，祖父辛赞把他抚养长大。辛弃疾常常跟着祖父登山临水，观览祖国雄伟壮丽的山河，想到在这样土地上的人民却过着屈辱的生活，逐渐萌发了为国家和民族复仇的思想，立志抗金救国，恢复中原。

辛弃疾二十一岁那年，金主完颜亮带领了号称六十万的兵马，大举南侵，想要灭亡宋朝。北方各地趁敌人后方空虚，出现了许多农民起义军。辛弃疾按捺不住胸中的怒火，毅然决然投身到火热的战斗中去。在家乡组织起两千多人，起义抗金，杀了金朝的县官，投奔了农民领袖耿京领导的抗金义军。因为他很有威望，文武双全，耿京便委任他担当"掌书记"的职务，负责管理印

信和起草公文等工作。他又说服一个叫义端的和尚，率
众一千人，归属耿京。没想到义端是个奸贼，在一个晚
上，他偷了耿京的军印，准备逃往济南投降金人，邀功
请赏。耿京气愤极了，以为义端与辛弃疾有勾结，要治
他的罪。辛弃疾恳切地说，"请你给我三天期限，我一
定会亲自把义端这个叛徒捉回来，如果捉不到，你再治
我的罪也不晚。"耿京答应了。辛弃疾立即骑上耿京的乌
龙马追赶义端，在半路上把他捉住，砍下了他的脑袋，
带回来交给耿京。耿京从此更加器重辛弃疾了。

　　第二年，耿京派辛弃疾带领一部分义军南下，和南
宋朝廷取得联系。在建康，辛弃疾会见了南宋高宗。他
们的抗金行动得到了朝廷的肯定，并任命他为"天平军
节度掌书记"。

　　不料，正在这时，耿京却被叛将张安国、邵进杀害
了，张安国带领队伍投降了金军。辛弃疾和贾瑞等人从
建康走到海州（今属江苏）时，听到这个消息，马上约
集当地统制王世隆和忠义军领袖马金福等五十人，组成
一支骑兵队，直驱山东金营。这时张安国正在那里和金
将醋饮作乐，辛弃疾冲进营帐，踢翻酒桌，杀了金将和
邵进，活捉了叛徒张安国，迅速把他绑在马上。辛弃疾
快马加鞭一连跑了几个昼夜，返回建康，把张安国交给
南宋朝廷。宋高宗下令斩首示众，并且派他去江阴（今
属江苏）协理政务。此时的辛弃疾，是一个年仅二十三
岁的青年，他的英雄气概打击了金人，鼓舞了人民。

　　从此，辛弃疾一直留在南方，先后在湖北、湖南、江西等地做官。他始终坚持抗战，是一位态度鲜明的主战派。当宋朝和金国签订了屈辱投降的"隆兴和议"时，他悲愤极了，写下了《御戎十论》，又名《美芹十论》，详尽地分析了宋金对立的形势和军事斗争的前途。可是统治者根本不予理睬。一天，他登上建康赏心亭，遥望天边的落日、远处的群山，听到高空孤雁的悲鸣，引起了辛弃疾的孤寂之感，于是挥笔写下了著名的《水龙吟》词，作者无限忧愁叹息，因为国势飘零，时光虚度，壮志难酬。此时此刻，有谁能为他揩干忧国的热泪呢？

　　淳熙六年秋季，辛弃疾由湖南转运副使改知潭州，兼任荆湖南路的安抚使。他在任职期间，向朝廷建议编练一支湖南"飞虎军"，打算为恢复中原做准备。得到皇帝批准以后，他就动手干起来，筹建营房，招募步兵、马兵，严格训练。在建造营房的栅栏时，正赶上秋雨连绵不断，所需要的二十万片瓦无法烧造，他决定下令让长沙城内外居民，每家供送二十片瓦，付给瓦价一百文。两天之内，就凑足了。建筑费用，数以万计，也立即筹好。枢密院大臣蠢蠢欲动，向皇帝上书诬告他聚敛民财，宋孝宗赵昚听后，不问青红皂白，便降下御前金字牌，勒令停工。辛弃疾不仅置之不理，而且加快工程进度，提前完工，绘图报告给皇帝。皇帝看到"飞虎军"建成，有利于江南和平安定的局面，也就不再责备辛弃疾了。后来，这支"飞虎军"一直是长江沿岸的一支国防力量。韩侂胄伐金时，曾调用过这支军队，并被金人称作"虎儿军"。

后来他又到江西、湖北、湖南等地做官，他主张抗金，反对投降，理想不得实现，不断受到主和派打击、诬陷，以至被撤职，他只好回到江西上饶带湖闲居去了。后又迁居江西的铅山，在这里，他度过了寂寞的二十个春夏秋冬。他虽然老了，但他仍然时刻不忘到前线杀敌。他在灯前抚摸着从墙上摘下来的宝剑，梦中也常常听到战场上号角的声音，他梦见自己骑着快马，把弓弦拉得满满的，一箭就能射杀一个敌人……但是，这一切都是无法实现的幻想，他只能把它写在词中……

闲居之中，朝廷曾起用过辛弃疾，他仍然积极备战，准备抗敌，但是却招来投降派的攻击和诬蔑，以"残酷贪饕、奸脏狼藉"的罪名。辛弃疾罢官再次回铅山。

二十年后，六十四岁的辛弃疾又被起用，他对统一大业仍信心百倍，又继续做抗金的准备，但又因谗言被削职。他一次又一次地被撤职、被调离，总也不被重用，报国的愿望不得实现，他愤慨极了。他指斥当局并非倚重抗战人才，"叶公岂是真好龙"！

辛弃疾病重的时候，还念念不忘抗金、恢复中原大业。他写下了气势磅礴的《永遇乐·京口北固亭怀古》："千古江山，英雄无觅，孙仲谋处""想当年、金戈铁

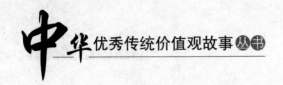

马，气吞万里如虎""四十三年，望中犹记，烽火扬州路""凭谁问：廉颇老矣，尚能饭否？"意思是说，今天像孙权那样立志恢复中原的人是没有了，然而我还希望如当年似的骑着战马，手持刀枪，像猛虎那样扑向敌人。我仍记得四十三年前押着张安国投奔建康的情景。现在我已经老了，但我仍要像老当益壮的廉颇那样为国效力，可又有谁来询问自己的志愿呢？

开禧三年（1207年），北伐进军失利，金兵乘势侵入到淮南，宁宗决心整军再战，下诏招募新兵，起用辛弃疾为枢密院都承旨。诏命到铅山的时候，辛弃疾已经病势沉重，上奏章请求辞职。九月十日，这位伟大的爱国词人，不屈不挠的抗金英雄辛弃疾，带着忧愤不平的心情，悄然离开了人间。

◆ 辛弃疾的爱国热情、战斗精神和卓越的军事才能没有得到理解和重视。被逐出朝廷，弃置不用达二十年之久。这期间是他词作的盛期，他的爱国情怀，留在了他的词中，激励着后世的人们，成为爱国主义不竭的精神力量。

29. 浩然正气宁死不屈的文天祥

文天祥（1236—1283年），初名云孙，字天祥。选中贡士后，换以天祥为名，改字履善。宝祐四年（1256年）中状元后再改字宋瑞，后因住过文山，而号文山。庐陵（今属江西吉安）人。南宋后期杰出的民族英雄。著作有《文山先生全集》《文山乐府》，名篇有《正气歌》《过零丁洋》等。

文天祥从小就喜欢读忠臣烈士的英雄故事，敬仰当代的爱国志士，当他看到欧阳修、胡铨等人的遗像时，无限钦佩之情油然而生，他对着遗像暗暗发誓说："我身后如果不能与他们平列，就算不得大丈夫。"

答　卷

文天祥二十岁那年，到南宋的京城临安（今杭州市）去参加进士考试。当时北方崛起的蒙古族忽必烈建立了元朝，他野心勃勃，不断南犯，已经进入中原，准备一举灭亡南宋。可是南宋的统治者极其昏庸腐败，仍然过着花天酒地的生活，根本不想抵抗。

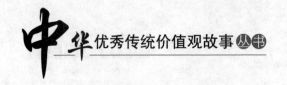

文天祥看到国家面临危机，忧心忡忡。在这次进士考试答卷时，他写下了洋洋万言的《御试策》，分析了国家贫穷的原因，提出要发扬自强不息的精神，建议皇帝和官吏办事要认真，应该信任敢于直言的人。试卷的字里行间充满了赤热的爱国之情，表达了他决心拯救国家民族于水深火热之中的雄心壮志。皇帝看了这篇试卷，也非常赞赏，亲自批为"第一"，文天祥中了状元。

勤 王

当时元军派二十万军队攻打南宋首都临安。元军迫近临安，官兵和百姓十分惊慌，宋恭宗的祖母太皇太后谢氏慌忙下诏书，命令各地起兵"勤王"，解救皇帝的危难。可是文武百官坐视观望，无动于衷。在这生死存亡的紧急关头，只有文天祥和张世杰少数几个人前来"勤王"。文天祥当时任赣州（今江西省赣州市）知府，他立即变卖了全部家产，充作军费，招募一万多勇士，连夜赶往临安。他的朋友劝他说："如今元军长驱直入，迫近临安，你招募的一帮没经训练的人去迎敌，犹如驱赶群羊去斗猛虎，不是白白去送死吗！"文天祥坚定地回答说："我也知道事实确实如此。但是国家有难，我不能袖手旁观，所以只好不自量力以身殉国。我希望天下的忠臣义士都能闻风而起，大宋的天下也许还能有救。"

文天祥领兵到达吉州时，朝中的投降派竟说文天祥"猖狂""儿戏无疑"，命令他"留屯隆兴府（今江西南昌），不准到临安"。在文天祥的再三要求和临安舆论的强大压力下，才被允许进京。

文天祥到达临安时，丞相陈宜中、留梦炎畏敌如虎，一心想投敌，不想抵抗，正在商量议和。文天祥和张世杰十分愤慨，坚决反对妥协投降，要求带兵同元军决一死战，保卫宋朝江山。可是陈宜中根本不加理睬。这时元军首领伯颜要陈宜中去亲自商议投降的事宜，陈宜中吓得连夜逃走。

被　俘

谢太后见陈宜中逃走，只好任命文天祥为右丞相，派他去元军兵营议和。文天祥到元营，坚持双方平等谈判，不肯屈服，结果被伯颜扣留，押往燕京。在押送的途中，经过镇江，在当地人民的协助下，乘元兵不备，夜里悄悄逃走。他到达福建的南平，号召四方起兵。福建、江西人民奋起响应。接着发动了反攻江西的战役，打得元军大败，收复了广大的失地，元朝大为震惊，立即派人带精兵铁骑到江西镇压。

文天祥的义军全是步兵，又没有训练，抵抗不住，节节败退，退守广东。此时虽然兵少将寡，但文天祥仍想重整旗鼓。他带领队伍在广东潮州一带阻击元军。后转战到海丰北面的五坡岭，此时，叛臣张弘范率领元军突然包围了五坡岭，文天祥和兵士们正吃午饭，措手不及，不幸全部被俘。

文天祥被俘后，决心以死报国，他吞服了事先准备好的毒药，但是没有死成，被救活了。在过珠江口外的零丁洋时，文天祥写下了大气凛然的《过零丁洋》诗，其诗曰：

"辛苦遭逢起一经，干戈寥落四周星。山河破碎风飘絮，身世浮沉雨打萍。惶恐滩头说惶恐，零丁洋里叹零丁。人生自古谁无死，留取丹心照汗青。"

投降元军的张弘范花言巧语地劝文天祥说："国家已经灭亡了，忠孝的事你也尽到了。只要你像对待宋朝那样对待大元，大元的宰相照样由你当。"又说："宋朝已经灭亡了，你再慷慨殉国，有谁来给你写书立传呢？"文天祥坚定地回答："国家虽然灭亡了，也不能有二心；为国牺牲的目的也不在于留名。"张弘范劝降失败后，只好把文天祥押送燕京。

途中，文天祥决心绝食而死。他预计七天能到庐陵，可以埋骨乡里。但是由于船行得快，庐陵已过还未死。他只好勉强进食，再想别的办法。

十月，文天祥到达了燕京。元朝统治者先是诱降文天祥，安排他住最好的房子，供给他精美的酒菜。又派原宋朝宰相留梦炎、投降元朝并被封为"瀛国公"的宋恭帝赵显来劝降。文天祥毫不动摇，见到留梦炎时，骂得他体无完肤，抱头鼠窜；见到赵显时，他只是连声说："圣驾请回。"再也不讲第二句话了。

骄横一时的元朝权臣阿合马亲自来见文天祥，一见面便问："你见了宰相，为什么不下跪？"文天祥反驳说："南朝宰相见到北朝宰相，为什么要下跪呢？"

狱 中

元朝统治者一看软的一招不行，就动硬的。他们给文天祥戴上了满身的刑具，关押在一间阴冷潮湿、污秽、令人窒息的土屋里。但是文天祥始终不屈。在囚室里，文天祥以笔墨为武器，写出了许多优秀的诗歌。为后人所传诵的永垂青史的《正气歌》就是在狱中写的。

全诗是："天地有正气，杂然赋流形。下则为河岳，上则为日星。于人曰浩然，沛乎塞苍冥。皇路当清夷，含和吐明庭。时穷节乃见，一一垂丹青。在齐太史简，在晋董狐笔。在秦张良椎，在汉苏武节。为严将军头，为嵇侍中血。为张睢阳齿，为颜常山舌。或为辽东帽，清操厉冰雪。或为《出师表》，鬼神泣壮烈。或为渡江楫，慷慨吞胡羯。或为击贼笏，逆竖头破裂。是气所磅礴，凛烈万古存。当其贯日月，生死安足论？地维赖以立，天柱赖以尊。三纲实系命，道义为之根。嗟予遘阳九，隶也实不力。楚囚缨其冠，传车送穷北。鼎镬甘如饴，求之不可得。阴房阒鬼火，春院闷天黑。牛骥同一皁，鸡栖凤凰食。一朝蒙雾露，分作沟中瘠。如此再寒暑，百沴自辟易。嗟哉沮洳场，为我安乐国。岂有他缪巧，阴阳不能贼。顾此耿耿存，仰视浮云白。悠悠我心悲，苍天曷有极。哲人日已远，典型在夙昔。风檐展

书读，古道照颜色。"

诗中赞扬了许多历史人物的坚强不屈的"正气"，表现了宁死不屈的意志，体现了文天祥浩然正气的伟大民族气节。

就　义

三年多监狱生活的磨难，元朝统治者的软硬兼施，都没能使文天祥屈服。元朝统治者决定杀害文天祥以除后"患"。在他就刑的前一天，元世祖忽必烈亲自来劝降。忽必烈说："你如果能像对宋朝那样对待我，我立即就任命你做宰相。"文天祥怒而不答。忽必烈又问："不肯当宰相，当枢密使行吗？"文天祥斩钉截铁地拒绝说："国亡了，只求一死！"第二天，即1283年1月9日英勇就义，当时年仅四十七岁。被害的这一天，人们发现他衣带上系着事先写好的用来表明自己心迹的绝命诗，诗中写道：

"孔曰成仁，孟曰取义，惟其义尽，所以仁至。读圣贤书，所学何事？而今而后，庶几无愧。"

当时，在元军鸣钟击鼓、刀枪林立的队伍中，满身刑具的文天祥，泰然自若地走上刑场。他从容地面向南方，即南宋朝廷的方向，拜了两拜后便壮烈地就义了。耳闻目睹这壮烈场景的人，无不叹息落泪。许多人不声不响地祭奠，纪念这位伟大的民族英雄。明代民族英雄于谦曾纪念和赞扬地说："殉国亡身，舍生取义。气吞寰宇，诚撼大地。"

今天，文天祥离开我们已经有七百多年了，但人们仍然无限敬仰和爱戴他，他那富贵不能淫，威武不能屈的气节，那充满浩然正气的光辉诗篇千秋常在。

◆ 文天祥在民族危亡时，挺身而出，立下汗马功劳；在敌人威逼利诱面前，不动声色，一身浩然正气，谱写了一曲可歌可泣的壮丽篇章。

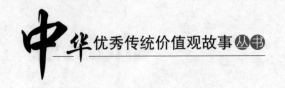

30. 不畏权贵执法如山的道同

道同（？—1380年），明朝河间县（今属河北省河间市）人。先辈为蒙古族。事母至孝。明朝初期政治人物，曾任广东番禺（今广州市番禺区）县令。

道同勤奋好学，品学兼优，洪武三年（1370年）被推荐做了负责祭祀的一个小官。洪武十年（1377年）被提拔为番禺知县。

番禺是广州府治所在地，这里人烟稠密，商业发达，官吏、军卒多，热闹繁华。

道同上任后，一天，他刚迈进县衙的大门，看见几个军卒正在鞭打一个佐吏（县衙办事的小吏）。县丞（相当于副县长）和另几个佐吏站在一旁一声不吭，无所措手足。道同早就听说广州卫所军卒一向横行无忌，不只勒索商人，欺压百姓，有时还欺辱地方官吏。县丞和佐吏们见道同来了，一下子把目光移到他身上。道同毫不犹豫，走上前去大喝一声："放肆！"这威严洪亮的声音把那几个为非作歹的军卒镇住了，他们把抽人的皮鞭放了下来。

原来，卫所军队的给养，县里早已按数交完了，他们还嫌少，逼着佐吏又向百姓摊派了许多，他们仍不满足，又来索取。佐吏跟他们争辩了几句，便遭到鞭打。道同问明情由后，首先斥责佐吏额外加派百姓扰害良民，接着痛斥军卒随便勒索，痛打朝廷官吏，这是违法乱纪。几个军卒被训得张口结舌，一个个灰溜溜地走了。

这件事迅速传遍番禺全县城。士农工商无不拍手称快，异口同声地赞扬道同是个好县官。

两年后的一天，道同带了几个佐吏出去查访。他们来到大街上，正碰上一帮土豪和地痞在厉声怒骂两个商人。道同走近一看，只见一个商人不停地向土豪打躬作揖，乞求饶恕；另一个血流满面，晕倒在地，奄奄一息。道同知道这伙恶棍一向横行霸道，胡作非为，早就想惩治一下，因此心里暗自打定了主意。土豪们一见知县老爷来了，便恶人先告状，说："这两个家伙是奸商，哄抬物价。他们还违背钞法，私带银两，应该治罪。"

原来明初规定不许拿银子在市场上交易，通用的货币是纸币。土豪编造事实，造谣诬告，商人自然不服，严肃地申辩说："老爷明鉴。小的兄弟二人辛辛苦苦弄了这点珠宝、香料，拿到这里出卖。谁知他们只出十分之一的价钱，实在不公平，小的不愿出手，他们强行要买，兄弟于是顶撞了几句，便被打成这个样子。"商人指了指躺在血泊中的弟弟，继续委屈地说："小的拿二

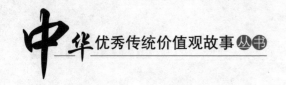

两银子是准备换钞的，并没有私自交易，他们强买不成，硬是诬我们违法。小的说的句句属实，恳求县老爷明断。"道同了解了事情的始末，便叫佐吏查看被打者的伤势。佐吏回答说："禀大人，这人已经断气。"听说人被打死，那些土豪地痞做贼心虚，有的悄悄溜走，为首的几个还想争辩，只听道同喊了一声："来人，把他们锁拿归案。"于是，这几个为非作歹的家伙被带走了。

第二天，道同把这几个无法无天的土豪关进大木笼里，摆在广州最繁华的大街上示众。还在木笼旁边贴上告示，公布他们的罪恶。广大群众围得里三层，外三层。无不称赞道同为官清正，能为百姓撑腰。

道同接着便给知府和布政使写了呈文，要求将这些土豪就地正法，以便安抚民心。就在此时，道同收到了永嘉侯朱亮祖派人送来的请帖。朱亮祖是明朝的开国功臣，武艺高超，勇猛善战，立下赫赫战功。因平定广东、广西的功劳，被封为永嘉侯。朱亮祖却因此居功自傲，专横跋扈。

道同接到朱亮祖的请帖，心想这位傲气十足的侯爷向来不把小小县令放在眼里，今天相邀，必有缘故。他左思右想，觉得还是应该去看看。

道同一进朱府，便看见厅堂上盘盏满桌，却并无旁的客人。朱亮祖寒暄了几句之后，两人又入席宴饮。朱亮祖举起杯，对道同说："请干这杯酒，本爵有一事相商。"道同端起杯，直言不讳地说："将军明教，下官才好畅饮。"

朱亮祖说："你在番禺任知县两年，铁面无私，执法如山，百姓赞不绝口，实在是难得呀！不过……"他稍做停顿，用眼睛盯着道同继续说："听说你前两天抓的那几个人，可都是有体面的乡绅。依我看来，还是把他们放了为好。"

道同听完，放下酒杯十分严肃地说："将军的指教，下官不敢听命。那几个人，纵然人情可恕，可是国法难容。卑职食国家俸禄，需为国安民，不能够徇情枉法，万望将军体谅。"道同接着问道："下官一事不明，请将军予以指教。将军身为开国元勋，又是国家重臣，为什么要受小人的指使？"

朱亮祖被问得瞠目结舌，他哪里想到一个七品知县竟敢违命顶撞，于是勃然大怒，高喊："送客！"道同也十分气愤，拂袖而去。

朱亮祖为土豪求情遭到了道同拒绝，但他不思悔改，反而倚权仗势，目无国法，竟偷偷砸毁木笼，放走囚犯。这一行动给土豪们撑了腰，他们便更胆大妄为，无恶不作。也更加紧巴结朱亮祖，以便大树底下好乘凉。

不久，有个土豪叫罗民，将自己的亲生女儿送给朱亮祖做妾。从此，罗民的子侄便狗仗人势，肆无忌惮，抢男霸女，杀人越货，百姓愤愤不平。道同认真调查核实，把他们逐一逮捕审问，关进监狱。朱亮祖又明目张

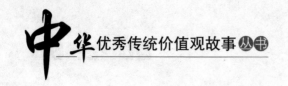

胆地带人打开监牢，放走这帮坏蛋，还寻找借口，当众侮辱和鞭打道同。

道同愤怒至极，他立即给皇上写了奏折，揭发了朱亮祖在广州的不法行为。可是朱亮祖也诡计多端，他十分了解道同，别看道同只是个小小的县官，但却很有胆识，而且向来刚正不阿，留下他，便是养虎遗患。于是他马上也写了一道奏折，诬告道同蔑视功臣，心怀叵测。他的奏疏很快到了明太祖手里。太祖看罢奏折，信以为真，认定道同蔑视开国元勋是大逆不道，没有调查核实就下了一道："杀无赦"的诏令。

诏令刚颁发，道同的奏章也传上来了，太祖展开细读，事实俱在，语言切直，充满不避权贵的凛然正气。太祖又联想起朱亮祖过去多次违反纪律的事：攻破温州时，曾掠夺民间女子；进兵四川，曾无故打死军校。心里明白了道同所陈述的都是事实，况且一个小小县官竟敢告开国功臣，没有事实做依据是万万不可能的。他越想越觉得在理，便急忙又下了赦免道同的诏令。

朱亮祖接到皇上的第一道诏令，就赶忙将道同绑赴刑场。道同知道自己将被加害，但他仍不畏强暴，泰然自若，一派浩然正气。百姓得知后，纷纷奔到刑场，愤恨不平，无不痛哭流涕。朱亮祖迫不及待，没到行刑时刻就急匆匆地把道同杀害了。刽子手的屠刀刚落，第二道诏令到了，可惜迟了，道同已经含冤九泉。

明太祖得知道同被害，懊悔不已，他暗暗责备自己太粗心，做事不谨慎，更恨永嘉侯朱亮祖的专横跋扈。第二年九月，他把朱亮祖诏回南京，揭示种种违法罪行，将他及他儿子朱暹一道用鞭子打死。真是罪有应得，百姓无不拍手称快。

◆ 道同虽是一介书生，但他性格耿直，不徇私情，心系百姓，不畏强权，以身护法，怎能不让后人所敬仰？

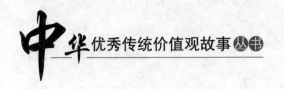

31. 拒收贿赂铁面无私的周新

周新，广东南海人，起初名叫志新，字日新。明成祖经常只喊他"新"，于是就以此为名。洪武年间，由太学生推荐进入太学（任教）。（后来），被任命为大理寺评事，凭着善于判决案件而被人称道。后被明成祖冤杀。

周新在担任御史期间，敢于揭发贪官污吏的罪行，连皇亲国戚都有几分惧怕他。因此，人们称他为"冷面寒铁周公"。明成祖朱棣也知道周新的美名，并派他到福建、湖南等地担任重要工作，后来派他到杭州做按察使，主管浙江省的司法。

杭州府监狱里有个罪犯，已经关了好几年。一天，他突然控告乡民范典曾经跟他一起做过强盗，罪大恶极。这事已经过了好几年，怎么突然有了变故？周新产生了怀疑。一天，他把范典召到官府里来，细细审问，范典听了，大喊冤枉，并气愤地说："我跟强盗素不相识，怎么会有合伙抢劫的事情呢？"

周新了解到范典是清白无辜的，就叫范典换上差役的衣服、头巾，站在庭下，叫差役穿上范典的衣服，跪在庭中，叫他们都不许说话。突然之间，击其不意，押出那个罪犯来与这个假范典跪在一起。周新指着罪犯问道："你告他同案，他却不承认。"罪犯看了看假范典后，肯定地说："你跟我一起去抢劫，今日如何抵赖?"假范典低头不语。周新又故意问罪犯说："莫非不是他!"罪犯又仔细看了看假范典，说道："怎么不是他?他就叫范典，住在某处，某年某月某日和我一起去抢劫某家，分赃多少；某年某月某日又去抢劫某家，分赃多少。我与他同做了几年伙计，怎么能不认识他?"说得似乎证据确凿。

周新笑着说："你与范典并不相识，刚才你错把我的差役认成范典了。这肯定有人指使你的，快快从实招来!"

于是罪犯战战兢兢地供出了幕后操纵者。原来是乡里一个收取粮税的粮长与范典有仇，他买通强盗诬陷范典。周新非常愤怒，严惩了这个狱囚和粮长。从此之后，再也没有发生过这类事件。

周新每次巡视所属各县，都穿着平民百姓的服装。有一次，他触犯了县官，被收押在监狱里，于是跟被拘禁的人交谈起来，了解到全县百姓的疾苦。第二天，县官去迎接按察使，周新便从监狱里走出来，县官见了两腿发抖，扑通跪下，连忙请罪。由于百姓怨声载道，这个贪赃枉法的县官就被革职查办。其他官员听到这一消息，也都不寒而栗，一时有所收敛，不敢继续贪污受

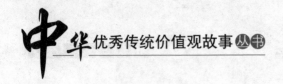

贿，为非作歹。

有些官员为了讨好周新，不是当面恭敬他，便是暗中送钱或礼物给他，都被周新拒绝了，并且非常严肃地告诫他们，不允许再这样。

一天，有位同事送来一只烤得喷香流油的鹅，想拉拢他。周新让他立即拎回去。那人却再三要求收下，并且不等回答，放下鹅，转身就走。于是，周新把这鹅贴上一张写有"某某赠"的纸条，挂在书房后面。

从此，凡是来送礼想贿赂他的，周新便叫对方抬起头来，看看这挂着的鹅。后来再也没有人敢给"冷面寒铁"的周新送礼了。

◆ 周新不仅爱憎分明、赏罚有度，而且在具体办案中能明察秋毫，断案详直。他以为政清廉、高超的审案技巧和不畏权贵的官场作风，成为司法官员的楷模。

32. 两袖清风誓死保国的于谦

于谦（1398—1457年），明朝钱塘县（今浙江省杭州市）人。字廷益，号节庵，官至少保，世称于少保，明代名臣，民族英雄。永乐十九年进士。

于谦幼年时就勤奋好学，十五岁考取了秀才，他十分仰慕宋代一身正气的英雄文天祥，书斋里悬挂着文天祥的画像，并题了："殉国忘身，舍生取义""宁正而死，不苟而生"。这是他一生做人的准则。

于谦二十四岁考取进士以后，担任过山西、四川、贵州等地的监察御史、兵部左侍郎兼都御史，在山东、河南做了十九年行政最高长官。他廉洁正直、爱国爱民，长年累月不辞辛苦，奔波在太行山区和黄河两岸，访问疾苦、改革弊政、减轻赋税、赈救贫苦、植树凿井、兴修水利、修路架桥，深受百姓爱戴，称他为"于龙国"，有些地方还修建了于谦生祠。

当时的社会十分腐败，宦官专权，官吏大多都贪污受贿，骄横跋扈。而于谦却两袖清风，他每次进京办事，都是两手空空，从不带任何礼品。有人劝他带点土

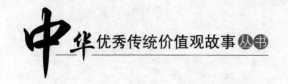

特产，如线香、蘑菇、手帕等物，送给权豪贵族，以便疏通人情。于谦对朝廷官员的作威作福、贪污行贿是深恶痛绝的，因此他笑哈哈撩起衣袖说："我只带有清风！"并且还做了一首《入京诗》来讽刺那些劝他的人："手帕蘑菇及线香，本资民用反为殃，清风两袖朝天去，免得闾阎话短长。"

这首诗远近传诵，成为一时佳话。

于谦大胆地反对贪污掠夺，不肯与世俗同流合污。由于他揭发了阉党王振等人贪污军费的罪行，而被逮捕入狱，判处死刑。消息传开，晋豫百姓万余人进京请愿，要求为于谦恢复官职；贵族周王、晋王等也都气不忿，纷纷上疏替于谦申冤。在官民的强大压力之下，阉党不得不释放了于谦，恢复了原职。

当时的蒙古瓦剌统治集团向明朝大举进攻，妄图实现"求大元一统天下"的政治野心。大同、宣府、独石等边塞迅速陷落。在土木堡（今怀来县西）狼山一带，瓦剌军队与明军进行了一场恶战，明军官兵死伤惨重，明英宗被俘。此时，政局混乱，危机四伏，明朝首都北京已成为战场的前哨。皇太后急速召集各位大臣商讨，大臣徐珵主张赶紧逃跑，迁都金陵，躲避灾难，群臣犹豫彷徨，不知所措，只是在大殿前痛哭流涕。这时，只见于谦从座位上霍地站起来，大声斥责说："提议把首都南迁的人，应当杀头！首都是天下的根本，一迁移可不得了，你们难道不了解宋朝南渡的祸患吗？请立刻调动四方兵士勤王，誓死保卫首都。"于谦的抗战主张，得到了正直官员的支持，皇太后等也渐渐醒悟过来。于是把守城抗战的任务全部交给了于谦。在于谦的亲自指挥下，终于打退了瓦剌军的进攻，扭转了败局，挽救了即将灭亡的明朝，立下了赫赫战功。

于谦为官正直无私，对于贪污横暴的高级官员，皇亲国戚也绝不手软，坚决查办。有个高级军官名叫石亨，他在抗击瓦剌军的战斗中，并没有于谦的功劳大，但却受到了比于谦更高的待遇，他自觉有愧，便上疏推荐于谦的长子于冕做官。于谦得知后，立即恳切地向皇帝上疏。指斥石亨身为大将，不选拔军队中有才干的人，报效国家，唯独推荐于冕，这是不合乎公论的。同时还指出："臣有军功，但并不能居功自傲。假使想为儿子求官做，自己请求君王不就行了，何必借助于石亨？"石亨听到于谦的严厉指责，便怀恨在心。加上先前于谦曾屡次揭发他骄横枉法、结党营私的罪行，更加恨之入骨。石亨伙同内侍官曹吉祥及徐有贞（即徐珵）等人迎接英宗复位，同时诬蔑于谦、王文等人谋反，把他们逮捕入狱。审讯时，徐有贞当众喝令法司加刑，严加拷打。王文气愤极了，大声喊冤叫屈，不停地争辩着。于谦冷笑着说："这是石亨等人的阴谋，你再争辩又有什么用呢？"于是断为谋逆罪，定死刑。抄收家产时，家中别无他物，只有书籍而已。

于谦含冤而死。于谦死后，石亨利用职权搜刮民

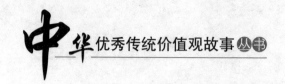

财，累至巨万。恶行败露后，英宗到他家视察，指责他说："于谦死时，家无余财，可是你家却有如此多赃物！"一次边疆报警，英宗有忧色。大臣吴瑾在旁说："假如有于谦在，敌寇不至于如此猖狂。"英宗默然不语，悔之晚矣。

于谦一生清清白白，正如他的诗句所说："千锤百炼出深山，烈火焚烧若等闲，粉骨碎身浑不怕，要留清白在人间。"

于谦被害时，路人都为之悲叹不已，天下百姓都认为他是无辜的、冤枉的。北京及北京郊区的男女老少无不悲痛得涕泪交流。到处都可以听到人们怀念他的歌谣："鹭鸶水上走，何处觅鱼嗛（指于谦）。"

于谦的功绩是不可磨灭的，当地人民为了纪念他，建立了"旌功祠"。于谦的祠墓和南宋抗金英雄岳飞的祠宇都在西湖岸边，同样为后人所敬仰。

◆ 于谦爱国恤民、清廉忠正的民族精神和"粉骨碎身浑不怕，要留清白在人间"的优秀品质永远值得后人发扬光大。他的为国家鞠躬尽瘁的精神永远属于我们中华民族的宝贵财富！是我们学习的榜样。

33. 一代清官海瑞

海瑞（1515—1587年），字汝贤，号刚峰，广东琼山（今属海南）人。回族，明代著名政治家、著名清官。从教时被称为海笔架，后人称其为"海青天"，与宋代包拯齐名。

海瑞从小就如饥似渴地学习，博览群书，立誓决不虚度年华，要做一个有大作为的人。如果做了官，要为国效力，为民分忧；要不为金钱、地位所惑，不巴结奉承、不嫉妒；要谦虚谨慎，言行一致，不沾沾自喜；要无私无畏，不与世俗同流合污。他还给自己起了一个绰号叫"刚峰"，意思是一切以刚为主，表示终生都要刚强正直，决不阿谀奉承。他说到做到，以自己一生的实践实现了自己的誓言。

笔架博士

嘉靖二十八年（1549年），海瑞中了举人，被派到南平（今福建省南平市）当教谕（县学校长）。他办学认真负责，使学校井然有序。

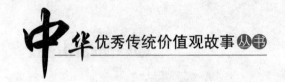

那时，学校时常有上司和御史来视察，一些学官为了巴结讨好，往往一见面就立即屈膝跪地磕头。海瑞则不然，他认为学校是教书之地，不是官府衙门，见面除作揖外，没有跪拜之说。因此，不论哪个大人物来，他都是只作揖，而别人都下跪。他是教谕，站在中间，两边的人趴在地上，看起来颇像"山"字，又似笔架，因此得了个外号叫"笔架博士"。在那溜须拍马的社会，上司对海瑞这种做法很不满意，又没办法。

惩治恶棍与挡驾

四十四岁那年，海瑞被提升为淳安知县。海瑞来到淳安，每天忙个不停，他整顿社会治安和吏治，制定条规，不许官吏营私舞弊和贪污。兴修水利，减轻百姓负担，发展生产，做了许许多多好事，其中有两件事人们有口皆碑。

一件是惩治恶棍胡大公子。胡大公子是浙江总督胡宗宪的儿子。胡宗宪深得奸相严嵩的宠信，他飞扬跋扈，贪赃枉法，为所欲为。他儿子依仗老子的权势胡作非为，一次路过淳安，横加挑剔，吊打驿吏。海瑞知道后，很气愤，带着衙役赶到驿馆，令部下把胡公子痛打一顿，并没收了他所带的数千两银子。然后，巧妙地写上一封信，连同胡公子一起送给胡总督。写给胡宗宪的信上说："大人曾经巡视地方，命令所过州县必须节俭，不许迎送和铺张浪费。现在淳安来了个姓胡的人，自称是您的儿子，嫌驿吏招待不周，倒挂拷打驿吏。这和大人的明令不符，这人一定是冒名的。因此，我已惩办了他，您放心好啦。"胡宗宪看了信后，十分气恼，又不敢声张，只好自认倒霉。

另一件是挡了都御史鄢懋卿的驾。鄢懋卿是奸相严嵩的干儿子，奉命以都御史巡视盐政，他到处贪污受贿，穷奢极欲，还带着小老婆，坐着五彩花轿，由十二个女子抬着。一路上驿馆讲究，接待铺张，不仅酒席上尽是山珍海味，走时还要奉送大量的钱财礼品。这一迎一送把百姓盘剥得叫苦连天，海瑞得知钦差大人鄢懋卿要来巡视的消息后，立即摘录了鄢大人牌告中的"素性俭朴，不喜逢迎"的话，写了一封信给他本人，信上说："卑职看到大人的宪牌，规定迎送从简，但是听人说您所到之处，并没有执行您的规定，而是供应非常奢华，怕是地方官员瞎张罗。我淳安地方小，恐怕容纳不下都老爷的大驾。我如照宪牌办事，怕有怠慢之罪；如铺张招待，又怕违背您体恤民力的告示。卑职真是左右为难，万望大人明示。"

鄢懋卿看后，又气又恼，但是又不能说违背自己宪令的话。心想海瑞这个人果然刚正无私，难以对付，就临时决定改变路线，不到这里，绕道到别的地方去了。

海瑞一个小小的地方官，竟然不怕大官，敢顶大官，敢替老百姓撑腰说话，使百姓免遭一场盘剥，百姓怎么能不爱戴这位为民做主的海大人呢！

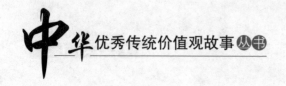
海瑞在淳安还很重视刑狱，办案重证据，重调查研究，平反了不少冤狱，以至邻县的疑难案件也调他会审，他成了人们心目中的"海青天"。

备棺上书

后来海瑞被调到北京，担任户部主事。他看到当时的嘉靖皇帝朱厚熜受道士王道陵的欺骗，每天在皇宫里炼丹服药，不理朝政，妄想成仙。大奸臣严嵩和贪官污吏相勾结，把国家搞得一塌糊涂。一些谄媚之臣还一再编造祥瑞之说，粉饰天平，又上表祝愿皇上早日成仙。朝中有良心的大臣，自杨最、杨爵等因进谏而得罪后，无人再敢指责时政的弊端。正直的海瑞在这种情况下，决心给皇帝上疏，以期让皇帝猛醒。写好奏疏后，先与妻子儿女诀别，又为自己买好棺材，然后毅然把奏疏呈上。在奏疏中，他揭示了国家财政枯竭，官吏贪污腐化，平民百姓困苦，外族侵扰严重等情况。并批评皇帝不理朝政，拒绝批评，是非不明，揭露吃丹成仙完全是受人欺骗……

海瑞的话把嘉靖皇帝气昏了。清醒后浑身发抖，一把抢过海瑞的奏稿，甩到地上，对左右大臣说："赶快把海瑞抓起来，别让他跑掉！"宦官黄锦在旁边说："这个人平素就有痴名。听说他上疏前，自己知道触犯龙颜要掉脑袋，就买了一口棺材，诀别了家人，遣散了僮仆，他不会逃跑的。"皇帝沉默了一会儿，把奏疏捡起重新读起来，越读越觉得说的有道理，他很受感动，叹息不已，说："海瑞可以同比干（商纣王直臣，因屡谏而被处死）相比，只是朕不是纣王。"于是将此事搁置起来。

过了几个月后，皇帝病重，烦闷不乐，召大臣徐阶商议让位的事时，顺便说："海瑞说的都对。朕已经病了很久，怎么能料理朝政？"又说："朕不检点，以至到今天这地步。如果能到便殿听朝，怎么能受这人的诟骂？"就将海瑞抓了起来，由刑部判了死罪。刑部将判决结果汇报皇帝，皇帝没有马上批示，又搁置起来。过了两个月，皇帝因吃丹药中毒，不可挽救，就一命呜呼了。道士王道陵还欺骗文武百官说："万岁爷修炼得好，千真万确地升天了。"

嘉靖死后，太子朱载垕即位，年号隆庆。为了挽回人心，把王道陵等人统统斩首，把海瑞释放出狱，恢复原职。

均田均税

隆庆年间，海瑞以右佥都御史巡抚应天十府（今江苏、安徽两省的大部分地区）。在这里，天天有百姓来告状，不久，就有几万人。他们告乡官抢夺田产。有人向海瑞反映说："二十年来，府官吏偏听乡官、举人、监生，民产渐消，乡官渐富，百姓真是苦难重重。"经过调查研究，海瑞得出一条结论："为富不仁，人心同愤。"

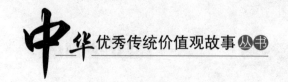

逼迫乡官退田，实行均田均税势在必行。海瑞采取了擒贼先擒王的办法，从松江下手，先拿江南最大的地主乡官徐阶兄弟开刀，勒令退田。这徐阶在海瑞被判处死刑时，曾设法救过他。海瑞心想，如果徇私情，就不应当追究徐家的所作所为，但是，如果那样做，要实行均田均税，也就成了空话。海瑞刚直不阿，不管个人恩怨，毅然决然下令逼徐阶退田，遣散了徐府成千名家奴的一大部分，把他的两个儿子判罪充军，一个儿子革职为民。徐阶看到海瑞铁面无私，不退一步不行，就耍了一个花招，把一部分土地改在儿子名下。海瑞一眼就识破了他的阴谋，并接连给徐阶写信，一针见血地指出"以父改子"的事实，命令他必须退田一半。这样一来，乡官和大地主害怕了，有的逃到外州县躲风头，有的只好忍痛退田。李贽曾经赞扬说："海公唯独为穷苦百姓着想，而搏击官吏和富豪……使百姓有了生存希望。"老百姓有了活路，大地主们却吃不消了，他们拼命反对，朝廷终于撤了海瑞的职。海瑞于是在家闲居了十六年。

反贪倡廉

海瑞七十二岁那年，朝廷起用他为南京吏部右侍郎。上任后，就着手改革弊政，禁止了多年来各衙门出票要街道供应物品的规定，他说："要南京五城的百姓，负担南京千百个官员的出入用度，难怪百姓苦了！吏部是六部之首，怎么能不先想到百姓？"

海瑞一生反对贪污、奢侈，主张节俭、朴素，是位著名的清官。当时贪污成风，严嵩父子虽然垮了，但从宫廷到地方，依然大行贿赂，横征暴敛，海瑞一辈子对贪污痛心疾首。从教书时起，就禁止学生送礼，做县官时革去知县常例（即摊派在田赋上补贴县官的陋规）。他从来不给上级行贿。有人劝他随和一些，他愤然说："全天下官都不给上官行贿，难道就都不升官？全天下的官都给上官行贿，又难道都不降职？怎么可以为这个来葬送自己呢？"又说："充军也罢，死罪也罢，都甘心忍受。这等小偷行径，却干不得！"知县上京朝觐，可以带上四五百两以至上千两银子，以便进京行贿，京官把朝觐年看成是收租、发财的年头。而海瑞在淳安任上两次进京，只用了路费银四十八两，其余一律裁减。做巡抚时，拒绝人家送礼，连多年老朋友送的礼品也婉言谢绝。做官多年，过的仍然是穷书生的日子。在淳安，当他母亲过生日时，只买了两斤肉，总督胡宗宪知道了，十分惊奇，当作新闻到处传说。罢官到京听调，穿的衣服单薄破烂。吏部的熟人劝他，才买了一件新官服。

海瑞七十三岁那年，在南京病逝。金都御史王用汲到他家看望，只见旧帐破席，清寒之状就是贫苦的读书人也难以忍受。王用汲不禁潸然泪下，于是向各处凑集了一些钱，买了口棺材将海瑞盛敛。出丧的那天，市民罢市致哀。灵柩由船载着行在江上时，两岸身穿白衣送葬的人百里不绝，到处是一片哭声。人们是多么不忍心

这位为民请命的清官就此离去啊！

◆ 海瑞的一系列故事勾勒出一个居官清廉、刚正不阿、直言敢谏、忠心耿耿、抑制豪强、爱民护民的清官形象，因而深得民众爱戴。也为当今社会树立了学习的榜样，同时也能够帮助青年人树立正确向上的人生观和价值观。

34. 以身殉国的瞿式耜

瞿式耜（1590—1650年）字起田，号稼轩、耘野，又号伯略，汉族，江苏常熟人，明末诗人、民族英雄，南明政治人物。

明崇祯元年（1628年），瞿式耜任户部给事中。他多次上书给皇上，荐举人才，陈述朝政弊端，辩白冤狱，指斥权奸叛逆之臣，表颂清忠之士，皇上采纳了他的许多建议。他因不畏权豪，敢于直言，因此招来忌恨和诬陷，终被削职遣回家乡，又被逮捕入狱。后来案情缓解，被赎出。

清兵入关，大肆南侵。福王在南京称王时，起用瞿式耜担任应天府丞，不久又升为右都御史，去巡抚广西。广西靖江王亨嘉密谋称王自立，打算让瞿式耜做助手，拥立自己。瞿式耜宁死不屈，亨嘉非常愤怒，在军旗下用棍棒把瞿式耜暴打一顿，并想进一步迫害他。瞿式耜毫不退缩，神色自若，慷慨陈词，命令亨嘉解散武装，使亨嘉手下士兵十分沮丧和恐惧。瞿式耜秘密与两广总制丁魁楚等人联合起来，活捉并处死了亨嘉。

　　顺治四年（1647年），清兵袭平乐，分兵进攻桂林。桂王准备逃往全州，瞿式耜向他陈述桂林形势，请他留在桂林。奏书递上去后，一直没有消息，瞿式耜便亲自去拜见桂王。他跪下拽着桂王的衣袖，一把鼻涕、一把眼泪地劝桂王留下。桂王于是答应不走。任他为文渊阁大学士兼兵部尚书，并赐给他一把宝剑。

　　在抵抗清兵保卫桂州的战斗中，瞿式耜与士卒同甘共苦，指挥自如，身先士卒，奋勇冲杀，几次交战，打得清兵大败，击毙清将领数人，缴获器械不计其数，保全了桂州。

　　顺治五年，南安侯郝永忠被清军打败，奔入桂林，请求桂王当夜向西逃跑。瞿式耜奋力坚持不可退却，说："总是东迁西移，国势愈来愈危急了，士气愈来愈难以振奋，民心惶惑，凭什么来治理国家呢？"桂王说："您不过想让我为国而死罢了！"瞿式耜反复劝谏，哭得泣不成声，泪水湿透了衣襟。大学士严起恒说："算了吧，明天再重新讨论吧。"没等到半夜，桂王已经出逃。郝永忠又想挟持瞿式耜一同逃走，瞿式耜愤怒地说："我尊奉桂王命令留守桂林，誓死保卫桂林，桂林在，我在；桂林不在，我就死在桂林。"郝永忠纵容兵士烧杀抢掠，把瞿式耜家抢劫一空，还硬拽着他，把他按到地上，白光闪闪的刀刃贴在他的脖颈上，他脸不变色，心不跳，肩膀、后背、腰部、肋下没有一处不受重伤的。他慷慨地说："皇上虽然抛弃了桂林，可是我必须保住桂林，无非是争取占有这块土地，以便把它还给祖宗，一定要争这口气，以告谢天下人，如果不能如愿以偿，我只有以身殉国了！"

国势一天比一天危急，瞿式耜多次上书阐述救国之策，都没被采纳。当清兵进逼桂林时，他命令开国公赵选印出城迎战，可是赵选印不肯迎战。再催促他时，他已经带兵逃得无影无踪。官兵们降的降，逃的逃，城中无一兵一卒。瞿式耜仍端端正正地坐在桂林府中，家人也四散逃走，他手下的部将请求他赶快上马逃跑，瞿式耜毫不动摇，大声斥退了他。

总督张同敞对瞿式耜说："形势十分急迫，你究竟打算怎么办呀？"瞿式耜坚定地回答："朝廷委托我统帅桂林，现在桂林失守，我能上哪里去呢？只有一死。"

于是他与张同敞相对饮酒。他神采奕奕，环顾四周，发现只有一位老兵没有离去。他委托老兵带着将印驰马飞速送还桂王。他们相对而坐，直至天将黎明。

清兵进入桂林府，清大将孔有德大声问："谁是瞿式耜先生？"瞿式耜说："我是，桂林城已经陷落，我只求一死。"孔有德说："我决不杀害忠正的臣子。你何必求死。你也不必自讨苦吃，我掌管军马，你来掌管钱粮，一如前朝不可以吗？"瞿式耜说："我是天朝大臣，怎么能为你做事？"

孔有德又劝说："我也是先圣的后代，形势所迫，以至于今日，你何必那么固执呀！"无论怎么劝说，瞿式

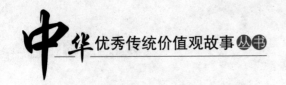

耜就是不动心，决心以死殉国。瞿式耜被幽禁在民舍。孔有德派人令他剃去头发，他不答应；令他出家当和尚，他也不肯。幽囚四十多天，仍不屈从。瞿式耜与张同敞隔墙赋诗相唱和。

临刑那天，孔有德对瞿式耜、张同敞二人说："我成全你们二位的名节，没有怨言吧？"

瞿式耜说："好，太好了！"与张同敞昂首挺胸去受刑，共殉国难。他们的浩然正气将永垂青史！

◆ 瞿式耜在国破家亡之际，他不愿苟且偷生，奋不顾身地进行了英勇斗争，终于以身殉国。他为中华民族精神家园添上一桩色彩浓烈的坚贞爱国故事。

35. 拒接圣驾的吴敬梓

吴敬梓（1701—1754年），字敏轩，一字文木，号粒民，清代小说家，汉族，安徽全椒人。《儒林外史》的作者。

吴敬梓一生光明磊落，从不趋炎附势，就连清朝乾隆皇帝也不放在眼里。他"拒接圣驾"的故事早有流传。

乾隆十三年（1748年）春季的一天，南京城里鼓乐齐鸣：乾隆皇帝要来巡视了。

原来乾隆皇帝最喜好游玩，人们还送给他一个"游龙"的雅号。他登基后，不是吃喝玩乐，就是游山逛水。这一年，他在北京玩腻了，又要下江南游览。消息传到南京，全城上下，都在全力以赴地准备迎接圣驾。

当时，民间流传着这样一首歌谣："乾隆下江南，江水哭三天。"原来，这条"游龙"已不是头一回游江南了。每当他驾临江南，便兴师动众，规矩森严。在他驾到的头三天，城里城外，大小商店都要关门停业，平民百姓都要黑灯瞎火，肃静恭候。在他过江之时，长江里的大小船只，都要一律停泊，渔民要收起渔网；舟船上

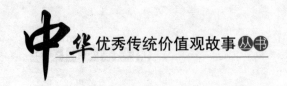

披红挂绿，码头上要红灯高悬。他走的路要铺上红色的毡子，一路要有守卫跟随，百官出迎，万民叩首。

这一天，南京城里一切准备就绪：店铺上锁，百姓关门，锣鼓喧天；文武百官，名流显贵，一齐跪在通往码头的石砌大街上，静候皇帝的驾临。

就在此时，吴敬梓还躺在床上睡大觉。他披着衣，赤着脚，双手枕在头下，两脚翘起，搭在床框上，双目紧闭，好像外边的事一点也不晓得似的。

实际上，在三天之前，牌头就已通知他："乾隆皇帝就要驾到。你要做好准备，迎接圣驾。"但是他听而不闻，还是只管闷头写作。到哪去接，如何接法，他全不过问。只告诉他的妻子叶氏说："上街去给我抓一服药来，要多抓些黄连。"过了一天，牌头又来催促，要他抓紧准备，他仍旧毫不理睬。眼看三天就要过去，他还是无动于衷，身上穿的破大褂也没洗没换。牌头可着急了，便去报告甲里，甲里又报告保里。保甲头目们商量："吴敬梓虽说没有官职，但他的诗文早已名闻遐迩，他家祖上又一向是达官显宦，颇有名望，这次迎接圣驾，他是万万少不了的。要不然，皇上怪罪下来，咱们怎么担当得起！况且，他学问渊博，说不定皇上会喜欢他，赏赐给他一官半职，那么，不也是我们的光荣吗？"商量的结果：三级头目又一同去找吴敬梓。此时，吴敬梓已做好了另一种准备。一早，他便对妻子说："娘子，你快把前天叫你买回的药煎好。"妻子懂得他的心思，赶紧煎好了药。过了一些时候，保甲里头目果然一齐登门拜访。他们一踏进大门，就有一股又苦又涩的黄连味直呛鼻子。走进屋里，只见吴敬梓双目紧闭睡在床上，打着呼噜，他们本想跟吴敬梓说点什么，可吴敬梓睡得很沉，一动不动，可能又病了。三个人无可奈何，只好灰溜溜地走了。

保甲的头目们离开后，妻子问吴敬梓说："皇上来了，人家都争先恐后要去接驾，你怎么就是不想去接呢？"吴敬梓直截了当地说："我为什么一定得去接呢？他皇上是人，我也是人，叫我去给他跪着，可惜我没长那个膝盖骨。"

这时，迎驾的文武百官已在大街上跪了好几个时辰了，迎驾的鼓乐此起彼伏，乾隆皇帝还没有到。有的人膝盖骨已经跪酸了，跪疼了，他们不时地把两条腿轮流缩回来，放松一下骨肉，用一条腿跪着。又过了一个时辰，乾隆皇帝果然来到，霎时，鼓乐齐奏。鼓乐声中，只听有人连声高喊："万岁驾到，赶快迎驾！""万岁！万岁！万万岁！"文武百官连忙低头下跪，百姓连忙屈身叩首。

正当此时，吴敬梓仍悠闲地躺在床上，两脚翘起，搭在床框上，微闭双目，一动不动。

"万岁驾到……""万岁！万岁！万万岁！"喊声传遍了大街小巷，一直传进吴敬梓的屋子里。吴敬梓听得好不耐烦，他从床上一骨碌爬起来，抖开被子，赤着脚

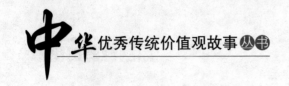

跑到窗口，把一床被子捂到窗子上，又叫妻子说："快，快帮我找个东西把它顶上。"叶氏赶忙找来了扁担、棍子，用被子把窗户堵得严严实实。外面的声音渐渐消失了，吴敬梓又回到床上，静静地躺着。叶氏有些迷惑，她问吴敬梓："我曾听说过康熙皇帝当年下江南，你对他是满恭敬的，可这次乾隆……"

"乾隆帝怎能和康熙帝相比？"叶氏的话还没说完，吴敬梓便抢过话头说："康熙皇帝下江南是为了体察民情，安邦治国；这条'游龙'不过是游山逛景，吃喝玩乐。你没听说上次下江南，一顿饭就花掉六千两银子吗？乾隆南巡，祸国害民呀！"

"你的这些话，可说不得，要是皇上知道了，会引来杀身之祸的。"妻子忐忑不安，急忙用手去捂他的嘴："千万别说了，别说了！"

"好，不说就不说，我得写作哩！"吴敬梓边笑边坐到了桌子前又开始写书了。

◆ 吴敬梓看透了当时黑暗的政治和腐朽的社会风气，他虽穷困潦倒，却鄙薄嫉俗。

36. 送礼讽官场的曹雪芹

曹雪芹（约1724—约1764年），清代小说家。名沾，字梦阮，号雪芹，又号芹溪、芹圃。祖籍河北省丰润区。祖先原为汉人，清初入满洲正白旗籍。他本人生于南京。

清朝乾隆年间，社会风气不正，盛行送礼之风。《红楼梦》的作者曹雪芹，晚年生活十分贫困，往往是举家食粥酒常赊，但他对穷苦的乡邻总是解囊相助，而对当时那些达官显贵们搞变相的"敲竹杠"却恨入骨髓，有机会便捉弄他们一番，使他们哭笑不得。

有一次，健锐营的副都统赫老爷办五十大寿，下请帖摊派本营各旗人员兵丁为他送礼。曹雪芹得知后，决定趁此机会戏弄一下这位官老爷。

寿辰这天，赫老爷家热闹无比，搭起大棚，请来吹鼓手，鼓乐震天。送礼的人络绎不绝，有送"盒子菜"的，有送整鹅的，有送"恭业"和"喜竹"的，也有送古董字画的，就连圆明园、火器营各旗的"佐旗"们也亲自或派人来送礼贺寿，真是应有尽有。可是赫老爷特

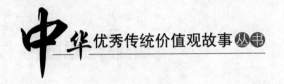

别喜欢曹雪芹的画，而且他知道曹雪芹的画既不轻易送人，也不出卖，他想来想去，何不借此机会让曹雪芹画幅"祝寿图"。于是他便事先打发人给雪芹送去两坛南酒，还准备好了裱糊好的画轴请雪芹作画。雪芹早已心中有数，并不推辞。

等到赫老爷寿辰这天，雪芹请了个人挑上两个酒坛，自己手里托着画轴步履矫健地来到都统衙门口。哎！好气派，他看到这衙门口张灯结彩，戏台高筑，大门两旁悬着四面大鼓，鼓手站在两人高的木架上，正使劲擂鼓。还有四支大号筒，号手们吹得正起劲，还有乐队，轮番奏乐，鼓乐齐鸣，锣鼓喧天，热闹极了。

雪芹无心赏乐，距大门还有五十米远，就听"师爷"在高喊："里面请——曹雪芹曹老爷到！"里边的人一听是曹雪芹亲自前来，不觉一愣，人们都了解雪芹，他向来不趋炎附势，不巴结权贵，即使是好朋友，一旦做了官，他就不再往来。今天怎么变了，怎么会给都统拜寿，还送酒、送画？都统赫老爷真是喜不自胜，把雪芹送来的酒坛摆在桌上，贴上喜字，并把雪芹奉为上宾。

这时宴会正式开始，贺喜的人纷纷献上礼品。都统为了显示自己，特意命人将雪芹送来的酒立即开封，给每人斟了一盅。性急的人一尝，哎，怎么没味？可又不敢说什么。都统也觉得不对劲，可也不能说不好，只好自欺欺人地说："真是好酒，好酒！"雪芹直言不讳地笑着说："哪里，哪里，非好酒也！"雪芹接着又说："赫老爷，我送您一副对联，请悬挂！"说着早有管事的赶忙举过挂杆，把对联挂在"寿"字两边。大家定睛细看，原来是醒目的八个大字，上联是"朋友之交"，下联是"淡淡如水"。顷刻之间，满室宾客哑口无言，只见都统大人脸红一阵，白一阵，但很快又笑容满面，自我解嘲地说："高！高！实在是高！朋友之交，淡淡如水。圣贤有言，水淡而情浓，更显交情之厚也。"众人也附和着说："是呀！水淡情浓，水淡情浓，来！干！干！"不一会儿，雪芹送来的两坛清水便被前来贺寿的宾客喝光了。

雪芹笑着起身告辞。都统赫老爷虽然怀恨在心，但又不便当众发作，只好忍气吞声礼貌地把雪芹送出大门。雪芹大步流星，高兴而去。

◆ 曹雪芹性格傲岸，愤世嫉俗，豪放不羁。朋友之交，淡淡如水。这显然是曹雪芹的隐喻，并借此机会嘲讽官场陋习。

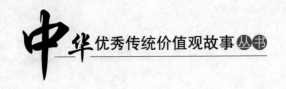

37. 最早理性学习西方的中国人马建忠

马建忠（1845—1900年），别名干，学名马斯才，字眉叔，江苏丹徒（今镇江）人，中国清末洋务派重要官员、维新思想家、外交家、语言学家。其所著《文通》是第一部中国人编写的全面系统的汉语语法著作。

马建忠，清朝末年人，家住江苏丹徒（今镇江）。是当时有名的才子。政府曾派他去西方考察政治经济情况，学习外国的先进文化。他掌握了五六种外国文字，在参加法国政治学院法律学位的考试时，他用法文、拉丁文回答监考官提出的问题，对答如流，绘声绘色，赢得了热烈掌声，考官赞不绝口，他的新闻顿时轰动了整个巴黎。

他满怀爱国热情，发愤学习西方知识。他决心寻找一条富国强兵、复兴中华的道路。他认为这条道路就是：在学习西方先进的文化和技术的同时，发展本国的工商业。他写下了一系列著作，描绘了心目中一幅理想的图景：中国的工商业得到迅猛发展。一家家私人兴办的工厂企业出现了，一座座矿山得到开发，商业也发达起来了，于是凿山开路，过河搭桥，架设起一条条铁路，满载货物的列车南来北往；另外，一艘艘轮船满载货物来往于各国之间，贸易繁荣；同时，还开办起一座座培养科技人才的高等学府，并且建立起一支装备精良的军队。

他不仅有改革经济的宏图，也有改革政治的设想。他呼吁制定宪法，主张个人自由，提倡选举。他在给李鸿章的一封信中，提出要学习西方的民主政治，反对封建专制。他说："西方国家政体不同，或是共和体，或是君主体，或是君主立宪政体，但是立法、执法、司法三权分立，不集中在一个人手里，互相独立，所以国家大事能做到纲举目张，非常可观。"

马建忠的这些主张受到民族资产阶级的欢迎，推动了改良主义运动的发展。也遭到了顽固保守势力的强烈反对，许多人诬蔑他、诽谤他，说他被洋人收买，当了汉奸。但马建忠毫无退缩，仍然大力宣传自己的主张，他决心要改变中国贫穷落后的面貌，使之成为繁荣富强的大国。

马建忠为人正直，富有民族自尊心、自信心。在出使巴黎的时候，有个外国人劝他在法国考取学位，开始他拒绝了。他说："我被派到这里考察学习，不是为了自己求名来的，而是为了求到富国的本领。"那人又劝他说："徒有虚名、不学无术的人，我们西方也多得是。但是没有显赫的名声，学到的本领就显示不出来，所以

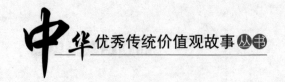

中国人与外国人谈判时，总是受歧视受欺骗。并非中国人不聪明，而是人家不知道。你们要想富国，和外国人打交道，也一定要显示你们的聪明才智。"马建忠觉得这话很有道理，争取名誉决不单单是个人的事，于是就答应参加学位考试，结果获得成功，争得了荣誉，使中国人扬眉吐气。

马建忠虽然替李鸿章为代表的"洋务派"做了不少事，但他富有正义感，主张维护民族利益和国家主权。有一次，李鸿章派他去和英国人洽谈鸦片专利权的税收问题。马建忠表示反对利用提取重税的办法来获利，认为鸦片有毒，祸国殃民，应立即严令禁止。

马建忠为了国家富强做出了许多贡献，还有一项突出的贡献，是他编著了中国第一部语法著作《马氏文通》。在他之前，中国虽然有一些字书、辞书，但还没有一本系统地整理中国语言的语法现象的专门著作。当时，外国人曾经因此讥讽中国人没有科学的系统的语言，是野蛮落后的民族。马建忠十分愤慨。他为了给中国人民争口气，也为了更好地掌握西方语言，交流中西文化技术，并沟通中西语言的语法现象，于是决心写一部中国的语法著作。他充分利用公务的闲暇时间，博览中国历史典籍，细心摘录，找出相同或类似的语法现象，归纳整理，分类研究，经过十几年艰苦浩繁的工作，完成了这部划时代的语言著作《马氏文通》，至今仍很有研究价值，成为中华民族的宝贵文化遗产之一。

　　◆ 马建忠为改革现状、振兴中华做出卓越贡献，他
的言论和著作，直接影响后来的改良主义者康有为、梁
启超等人。他为民族赢得了荣誉，值得后人钦佩和学习。

38. 碧血丹心的谭嗣同

谭嗣同（1865-1898年），字复生，号壮飞，湖南浏阳人。是中国近代资产阶级著名的政治家、思想家，维新志士。著名的"戊戌六君子"之一。

谭嗣同变法图治，勇往直前，一生只度过了三十三个春秋，为变法维新事业献出了年轻的生命。

他从小习文练武，骑马射箭，练就一身硬骨头。

中日甲午战争（1894—1895年），中国被日本打败，被迫签订了割地赔款丧权辱国的《马关条约》。二十九岁的谭嗣同听到这一消息，十分悲愤，长夜难眠，他怀着满腔忧愤写下了这样的诗句："四万万人齐下泪，天涯何处是神州！"他写信给他的老师和朋友，主张中国赶快变法。他说如果中国不赶快变法，就要由外国人来"代变"了。那时中国就要被外国人统治，中国人就要当亡国奴了。他提出变法的总原则是：要吸收西方法律的有益的部分，来补充中国法律的缺欠。变法维新的具体设想和要求：开设议院、改革官制、兴办学校、变革科举、修建铁路、制造轮船、开办工厂、设立银行、改革税制、讲究农学、训练步兵、革新军制、改变服饰、兴办大学、整修街道、建造公园等等。总之，有利必兴，有害必除。取各国之长，去各国之弊。

谭嗣同三十二岁时，父亲替他谋得一个江苏候补知府的位置。他抓紧没上任的空闲时间，专心致志地研究探讨解决中国社会问题的方法，用了半年工夫，写成一部光辉著作《仁学》。

在《仁学》一书中，谭嗣同大声疾呼，要冲破前进道路上的一切"罗网"，大胆提出了改革现实的纲领。谭嗣同着力驳斥了"君权神授"的谬论，勇敢地提出：本来没有什么君主，君主是由人民共同推举出来的。既然君主是由人民共同推举出来的，那么，如果君主不替人民办事，人民就有废除君主的权利。攻击的锋芒直接指向清朝统治者，言词十分激烈，它表现了谭嗣同敢于向封建主义思想和制度作斗争的大无畏精神，这种思想是多么可贵啊！

谭嗣同主张变法，不仅积极宣传变法维新，而且也亲自参加变法维新运动。他与提倡变法的康有为等人办时务学堂，为变法维新培养人才。筹办内河轮船、开矿、修筑铁路等事宜。主办《湘报》，宣传变法思想和介绍西学。又组织了南学会，他们要以湖南为基础，然后扩展到各省，变法自强，抵御帝国主义对中国的瓜分。

康有为、谭嗣同等人的变法维新，得到了光绪皇帝的支持。光绪皇帝批准谭嗣同等四人"参与新政"。当他

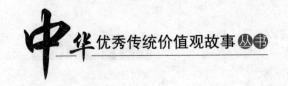

上任时，权贵们十分不满，不为"设案"（即不给他安排办公的地方）。这个军机处是"满汉分列"的，谭嗣同到"汉案"去，那些旧臣拒绝说："我们这些人是办理旧政的，这里没有你的位置，请到别处去好了。"然后到"满案"去，那些满族大臣又拒绝说："我们这些人都是满族，你来掺和啥?"谭嗣同愤怒地质问军机大臣后，才设案居室中。虽然阻碍重重，但谭嗣同仍照常办理政事，毫无惧色。

变法维新运动在光绪皇帝的支持下开始了，慈禧太后吓得要死，纠集顽固势力荣禄等人极力反对变法，策划发动政变，企图废掉光绪皇帝。

谭嗣同等变法派得知这一消息后，立即商讨对付的办法。他们决定争取荣禄部下实际掌握兵权的袁世凯。一天深夜，谭嗣同特地去会见袁世凯。直言不讳地把慈禧太后、荣禄等人的阴谋告诉袁世凯，要他派兵救护光绪皇帝，杀死荣禄。阴险狠毒、极端狡猾的袁世凯，表示赞成变法维新，还向谭嗣同慷慨地说："杀死荣禄，不过像杀死一条狗! 我一定竭尽全力，万死不辞!"但是，谭嗣同前脚走了，他便立即向荣禄告发了改良派的密谋。荣禄得到密报以后，又立刻去密报给慈禧太后。1896年9月21日，慈禧太后便把光绪关起来，把大权完全抓到自己手里，同时下令逮捕主张变法维新的人。

谭嗣同也在被捕之列，在一片白色恐怖中，他不但不害怕，还与他的老师大刀王五商量，计划救出光绪皇帝，由于势单力孤，他们的计划化为泡影。王五劝谭嗣同出逃，并愿意充当他的保镖。但是谭嗣同毅然拒绝了。并取下随身所带的宝剑赠给王五，望他继承改良事业。接着，谭嗣同劝变法人物之一梁启超逃走，暂时躲避危险，还郑重地对梁启超说："没有走脱的人，就无法图谋将来；没有死的，也无法唤起后来人的觉醒。"这时，日本使馆派人和他联系，表示对他"可以设法保护"，但是他婉言谢绝了。那位日本人再三地苦劝，谭嗣同仍不动心，并慷慨地说："大丈夫不做事罢了，做事就要磊磊落落，死又有什么值得可惜的呢？况且外国实行变法的，没有不流血的，中国因为变法而流血的，从谭嗣同开始。"

　　9月25日，谭嗣同在北京被捕入狱。他坦然自若，视死如归，还挥笔在狱中墙壁写上这样的诗句："我自横刀向天笑，去留肝胆两昆仑。"

　　1898年9月28日，参加戊戌变法的谭嗣同、杨深秀、杨锐、林旭、刘光第、康广仁六人，以"大逆不道"的罪名，被斩首于北京菜市口刑场。谭嗣同当时年仅三十三周岁。

　　当他们被杀时，刑场上观者上万人。谭嗣同从容就义，神色不变。临终时还慷慨激昂地说："为了祖国，我愿意洒下自己的鲜血；我虽然牺牲了，但是将有千千万万个同志起来继续斗争，去反抗不合理的统治。"接着他又说："有心杀贼，无力回天，死得其所，快哉快

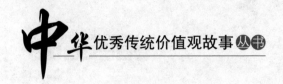

哉！"充分表现了一位爱国志士舍身报国的英雄气概。他以自己的血来唤起民众觉醒的伟大精神，可以与日月齐光。

◆ 谭嗣同的这种不计较个人得失，甚至不惜生命，愿以颈血刷污政，视死如归的精神不仅直指清朝政府的腐败和黑暗，也用自己的一腔鲜血唤醒了黎民百姓，唤醒了沉睡的巨龙。谭嗣同他是一个真正的民族英雄，为人民树立了一座不朽的丰碑，值得我们永远去敬仰。

39. 鉴湖女侠秋瑾

秋瑾（1875—1907年），原名秋闺瑾，字璇卿，号旦吾，乳名玉姑，东渡后改名瑾，字（或作别号）竞雄，自称"鉴湖女侠"，笔名秋千，曾用笔名白萍，祖籍浙江山阴（今绍兴），生于福建闽县（今属福建）。近代民主革命志士，妇女解放运动先驱。

秋瑾出生在封建官僚家庭，从小过着奔放不羁的生活。在母亲的教育下，她努力读书，尤其喜爱书中描写的那些武艺高强、本领非凡的女侠客和女英雄，有着倔强、刚烈的性格。

她勇敢地反对男尊女卑，主张男女平等，为妇女解放进行了不懈的斗争。她一生写下了许多诗和文章，在《论女权》中，描写了中国妇女的悲惨遭遇，她说："唉！世界上最不平等的事，就是我们二万万女同胞了。从小生下来，遇着好老子，还说得过；遇到脾气暴躁、不讲情理的，满嘴连说：'晦气，又是一个没用的。'恨不得抱起来摔死。总想着'将来是别人家的人'这句话，冷一眼，白一眼地看待。"那时男尊女卑，女子必须服从男子，妇女根本没有地位，没有独立的人格，这是为什么？秋瑾在探索着，她说："女子的聪明才智并不比男子差，只是女子不读书，没有独立的本领，靠男人吃饭，才只好受压迫和欺凌。"她办报纸、写文章，宣传男女平等、妇女要争取解放的道理。而且她立志要像男儿一样，为国家干一番大事业。

要干大事业，就得从小事做起，秋瑾深深懂得这一点。她幼年时曾缠着小脚，尝过裹足的痛苦，她在结婚之前就不顾父母的反对，把缠脚布连同那"三寸弓鞋"，一起抛进了垃圾堆。可是她看到京城的广大妇女还都缠着小脚，便和好友吴芝瑛等人组织了"天足会"。秋瑾率先垂范，首先召集家里的佣妇，要她们三天以内把小脚放了，不然就辞退她们。她还宣布自己的女儿灿芝永远不缠足。接着，她又跑到哥哥家，劝嫂子和她家的佣妇都把脚放了。不仅如此，秋瑾又跑遍自己熟悉的人家进行宣传，劝她们放足。秋瑾的丈夫叫王廷钧，是个小官，他是个游手好闲、不学无术的浪荡公子。他知道秋瑾的行为后，气得发昏，指责她说："这成什么体统？自己不缠足也就罢了，还到处瞎嚷嚷。衙门里都拿这件事当作笑话耻笑我。"秋瑾斩钉截铁地说："女人也是人，不能让他们守着一双小脚痛苦一辈子！"她丈夫气愤地说："女子在家从父，出门从夫，夫死从子，这些规矩你懂不懂？我不能让你败坏家风！"秋瑾火了，指着王廷钧的鼻子问："我倒要问问你，家风，你给儿女们立了什么家风？"王廷钧一听，火冒三丈，大叫起来："反了，反了，你胆敢这样讲话，快给我走！"秋瑾的婚姻是父母包办的，她受尽了痛楚，巴不得早日离开这个家，到外边干一番事业，她曾经对女友说过："一个人生活在世界上，应当救国救民，对社会做出贡献，怎么可以一辈子都把自己的精力放在柴米油盐这类生活琐事上呢！"秋瑾坚定地对王廷钧说："走？我早就讨厌和你这种人生活在一起了。"当天晚上，她就搬到哥哥家去了。

于是，她终于冲破封建礼教的罗网，毅然决然东渡日本留学。在日本她参加了孙中山先生领导的同盟会。她经常写文章或登台演讲，控诉帝国主义和清朝统治的罪行，宣传革命救国，男女平权，主张推翻清朝，恢复中华。言词慷慨激昂，荡人心魂，听者无不神色大变，涕泪横流。

秋瑾满怀革命壮志返回祖国。回国后她当了绍兴大通学校体育会的会长。她仍然集中精力从事妇女解放运动，但她一刻也不曾忘记武装反清斗争。她组织学生进行军事训练，并从绍兴知府那里，得到了许多枪支弹药。这年五六月间，她和徐锡麟约定，要在7月19日那天，分别在浙江和安徽两地同时举行起义，不料因叛徒告密，秋瑾被清兵逮捕了。

在秋瑾被捕前，有的同志曾劝她说："我们岂能坐

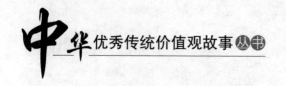

等着让官府来抓，能打就打，不能打就走，往后还有报仇雪恨的日子。"并为她安排了躲避的处所。她却恳切地说："我决心已定。革命总是要流血的，没有鲜血，挽救不了民族的危亡。今天，我们女子在革命上，还没有流过血，那就从我秋瑾开始吧。"

秋瑾双手反绑，被押到绍兴知府衙门，绍兴知府贵福连夜提审。他升堂就座后，就声色俱厉地喝问："秋瑾，你快说，你在绍兴府有几处乱党机关？多少乱党分子？从实招供，当心用刑！"秋瑾神态自若，毫不犹豫地说："论说稿是我写的，日记笺栈也是我办的；革命党的事，不必多问。"敌人仍不死心，继续追问革命党人都在哪里，秋瑾铿锵有力地回答："不知道。"贵福想用严刑迫使秋瑾屈服，于是命令衙役搬出炮烙刑具。秋瑾瞟了一眼烧红的火炼、火砖，毫不畏惧。烈火烧焦了她的皮肉，她一次次地昏死过去，贵福命令衙役用水将她喷醒继续逼供，秋瑾仍岿然不动，丝毫不吐革命真情。

贵福见硬逼不行，就装作关心的样子，慢声细气地说："秋瑾，你是书香世家出身，又有学问，不该做出反叛朝廷的事。你是个女子，只要能供出同党名单，朝廷就可以既往不咎，放你回家。"秋瑾一言不发。贵福又说："你还同哪些人有来往？"秋瑾愤怒地说："只是你常和我有来往，你常来大通学堂，并赠给我'竞争世界，雄冠地球'的对联，和大通学堂师生拍过照片，而且大通学校的枪支弹药不都是你发的吗?"贵福吓得目瞪口呆，瘫倒在椅子上，不得不宣布退堂。

第二天，气得火冒三丈的贵福，看秋瑾软硬不吃，难以制服，就命令李钟岳拿出纸和笔给秋瑾，要她写笔供。秋瑾十分气愤，但转念一想，这正是表明自己心迹的机会，她手提毛笔，沉思片刻，写下了"秋风秋雨愁煞人"七个字。意思是说，国家的局面就像秋风秋雨一样令人忧愁啊! 秋瑾写完就把笔向贵福猛掷过去。贵福见秋瑾正气凛然，宁死不屈，押得时间长了又怕发生意外，就决定尽快杀害秋瑾。

1909年7月15日凌晨4时，秋瑾被押出监狱大门，大批荷枪实弹的清军列队等着。她双脚拖着铁镣，双手被反绑，步履艰难地缓缓向前。她早已把自己的生死置之度外，她并不怕死;只是遗憾没能实现救国救民的夙愿，她表情严峻，神态安详，从容地走到轩亭口刑场。秋瑾为革命英勇地献出了年轻的生命，当时只有三十三岁。

辛亥革命后，为了纪念这位巾帼英雄，在她就义的地方——绍兴轩亭口，建立了秋瑾纪念碑;在她被囚禁的绍兴卧龙山南，修建了风雨亭;在杭州西湖边上，修建了秋瑾墓。人们将永远怀念这位坚贞不屈的革命女英雄。

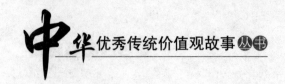

◆ 秋瑾作为一个弱女子，敢于如此冲破思想牢笼，打碎封建精神枷锁，去崇仰真理，追求光明，为了祖国独立富强，不惜牺牲个人生命，侠肝义胆，以颈血唤醒民族、民主革命和妇女解放的爱国情怀泣鬼神、憾天地，值得中华民族中华儿女永远缅怀和敬仰。